图书在版编目（CIP）数据

出家／张忌著. -- 北京：人民文学出版社，2025.
ISBN 978-7-02-018943-4

Ⅰ．I247.5

中国国家版本馆 CIP 数据核字第 2024EP5887 号

责任编辑	樊晓哲
装帧设计	刘　远
责任印制	王重艺

出版发行	人民文学出版社	
社　　址	北京市朝内大街166号	
邮政编码	100705	
印　　刷	优奇仕印刷河北有限公司	
经　　销	全国新华书店等	
字　　数	150千字	
开　　本	880毫米×1230毫米　1/32	
印　　张	7.375　插页1	
印　　数	1—8000	
版　　次	2025年1月北京第1版	
印　　次	2025年1月第1次印刷	
书　　号	978-7-02-018943-4	
定　　价	48.00元	

如有印装质量问题，请与本社图书销售中心调换。电话：010-65233595

目录

第 一 章	1
第 二 章	6
第 三 章	18
第 四 章	32
第 五 章	43
第 六 章	73
第 七 章	83
第 八 章	94
第 九 章	107
第 十 章	126
第十一章	141
第十二章	167
第十三章	192
第十四章	207

第 一 章

1

要不是秀珍的表姐打来电话,我可能早就是个和尚了。我会留着光头,穿着土黄色的僧衣,手上挂一串长长的念珠,慢慢吞吞地走路。

当和尚能赚钱,能赚"白布包洋钿"的钱,这是阿宏叔亲口告诉我的。阿宏叔是一座寺庙的当家,他的寺庙叫作宝珠,嵌在赤霞山谷间那块芭蕉形状的平地上。进山门,拾级而上三座大殿,群山掩映下,很是气派。站在金灿灿的大殿前仰视,我疑心以前皇帝住的宫殿也不过如此。可阿宏叔却谦虚地说,这还只是万里长征的第一步,接下来,他还要造伽蓝殿、祖师殿、钟楼、鼓楼。等整座寺庙完工后,他还会在藏经楼后面的那片竹林深处造一座精致的四合院,留给自己养老。

阿宏叔像个大人物一样描绘着宝珠寺的宏伟蓝图,听得我心潮澎湃。我暗自打量着眼前这个我叫叔的人,怀疑他跟我记忆中的那个人是不是同一个。事实上，我已经十年没见他了。十年前，他瘦得像根竹子，可现在，阿宏叔站在我面前，油光水滑的，肤色就像个姑娘一样粉嫩。

阿宏叔说，你跟我去山上做个空班，一天能赚六十元。虽然眼下的钱不算多，但前程一片光明。以后你再学会了法器，升了乐众，学会了唱念，升了维那，到时不用你去赚，"白布包洋钿"自己就找上门来了。

阿宏叔讲话的时候，我的眼前便浮现出了洋钿的样子，它们长出双腿，争先恐后地跑到我的家里来，拦都拦不住。这个想法非常诱惑我，我需要钱。要知道，我已在家中闲了一年，现在秀珍的肚里又有了我们的第二个孩子。于是，我便跟秀珍扯了个谎，跟着阿宏叔上了赤霞山。

吃过午饭，阿宏叔给我剃头，虽然是假和尚，样子总归是要有的。阿宏叔用剪子仔细地铰去我的长发，然后又用热毛巾将发茬敷软，打上肥皂，然后他便捏起剃刀给我刮头。我坐在椅子上，听着剃刀从我头皮上掠过，发出嗞嗞的声音。我觉得牙根一阵阵发痒，但又不敢发出声响，生怕阿宏叔手一抖，就将我的头皮削去一块。

午后，没有香客，山上很安静。从栏杆望出去，可以看见两个僧人在鹅卵石铺就的院子里打羽毛球，白色的羽毛球在空中划着弧线，不停地飞过来又飞过去。大雄宝殿的廊檐下，一位又老又胖的女居士正拿着一把竹笤帚在清扫地面，细心听，能听见笤帚和水泥地面摩擦时发出的簌簌的声响。越过寺庙的围墙，可以看见山，山间有几个人，刚从地里回来，身影在绿荫遮蔽的山路间时隐时现，就像武侠电影里的侠客一般。

我的担心是多余的，阿宏叔的手法很纯熟，手起刀落之间，如同秋天时那些来自台州黄岩的割稻客人一样爽落。剃刀掠过，我的发茬就像稻穗一样纷纷扬扬地散落到地面上。刮完了头，阿宏叔拍了拍我的肩膀，让我转过身去。他往后退了几步，眯起眼睛看着我的头，就像欣赏一件艺术品一样。看了一会儿，他啧啧称道，嗯，交关像范。你的头型好，又没什么坑洼，要穿件袈裟，没准比我还像个和尚。

我不知道阿宏叔是在夸赞我的头型，还是在夸赞自己的刀法。我下意识地伸手去摸脑袋，只觉得头皮一阵阵地发辣，凉飕飕的。看着地上的那些黑发，我突然心生愧疚，感觉自己像个薄情郎、负心汉，要知道，自小到大，我可从来没剃过光头。

事实上，这一刻，我有些后悔了。我是真的要干这一行吗？我其实并没有想清楚，此前我只是将当和尚看作一门能赚钱的行当。可真剃了头，我才心虚起来，我察觉到根本没有做好足够的心理准备。

就这样，我患得患失地回到房间，将头皮搭在冷冰冰的枕头上，望着天花板，恍惚间觉着自己成了一个身份不明的人。

2

凌晨四点，躺在床上，不知从哪里传来了一阵钟声。我迷糊了一会儿，突然明白这是叫早课的晨钟。我爬起床，急匆匆地披上僧衣，便往外赶。此刻，天还漆黑，屋外四面冷风，撞在身上，就跟迎面泼来的冷水一般。我站在走廊上张望，只见大雄宝殿里的灯已经亮了，住在各处的僧人正零落着往殿里赶。我打了个冷战，清醒了过来。我觉着心里一阵的悲凉，又开始懊恼剃头的事。

穿过走廊，我匆匆下了楼梯，绕一个弯，跑进大殿。大殿里，僧人们早已在两边站好，我插进人群，也学着双手合十，神情肃穆起来。阿宏叔站在两排僧人中间，他的头看上去刚刚刮过，在灯光下泛着光泽，就像河豚鼓胀的肚皮，白得耀眼。奇异的是，此时的阿宏叔和之前的和善大不相同，面无表情，眼里透着一道冷而不易察觉的光。这道光极迅速地在众人身上掠过，又极迅速地收敛了。他低垂眼帘，敲一下磬，深沉地唱出一句。

宝鼎热名香，普遍十方，虔诚奉献法中王。

我听不懂阿宏叔唱的是什么，这阿宏叔平时说话并不觉着多好听，可一唱起来，拿腔拿调，却是十分动人。那声音就好比做漆活儿时，用最细的砂纸打磨过的木头一样油润圆滑。

我不会念，更不会唱，可站在僧人中间，我也听得入神。令人奇怪的是，虽然第一次听，但我总觉得这声音似乎曾经在哪里听过，那样温和，那样细腻绵长。一瞬间，我的心头百感交集，甚至连眼眶都变得湿润了。

做罢早课，大家拿着钵，次第去斋堂吃早饭。吃饭时，我忍不住问阿宏叔，阿宏叔，你早课上唱的是什么？

楞严咒。

楞严？

阿宏叔没作声，只叫人去拿了一本经书过来。书很薄，黄皮的，封面上竖着一行字：南无楞严会上佛菩萨。阿宏叔将书递给我，认真说道：

楞严是最难念的咒，老话讲，和尚怕楞严，道士怕普庵。如果一个人会念楞严，还能念得好，那他就是个好和尚了。

第 二 章

1

作为奶牛场的老板娘，秀珍的表姐的确名实相副。她又白又胖，总穿一件红色的带毛领的皮衣，浑身鼓鼓溢溢的。我总怀疑，如果拿针戳她一下，没准她的身体就会流出乳白色的牛奶来。

秀珍说，我跟她结婚时，这表姐来吃过喜酒。可我对此却毫无印象，我一直都不记得她有这么一个表姐。秀珍说，这些年，她一直在新疆做生意，最近才回来跟人合作办奶牛场。她给秀珍打电话，说奶牛场在城里的送奶站招人，问我要不要去。彼时，我正在宝珠寺纠结要不要继续当和尚，接了秀珍的电话，我没太盘算，便应了下来。说实话，这送奶工虽也不是什么好行当，毕竟算个正经工作。当和尚赚钱嘛，唉，总是感觉怪。

表姐说，送牛奶这活儿轻松，一天下来，顶多就是忙三四个小时。就是要起得早些，凌晨四点就得赶到公司，七点半前，一定要将负责区域里的所有牛奶送完。表姐问，你吃得了这苦吗？我说，吃苦没问题,就是刚搬到城里,不熟悉路,怕耽误时间。表姐笑了笑,说,这是小事,我会叫个老油条给你带带路。

随后,表姐又跟我扯了些闲话,问我和秀珍房子租好了没有,到城里习不习惯,秀珍生产还剩几个月。我认真应答着。表姐说话时,时不时地朝门口张望着,见四下没人,突然压低了声音,方泉,我给秀珍订了一份免费牛奶,别的送奶工都没有的,你不要说出去。

我一愣,赶紧道谢。我觉得心里暖洋洋的,虽然之前我对这个表姐毫无印象,但从这一刻起,我对她突然有了种血缘上的亲近感。亲戚就是亲戚,终归是不一样。

不知道是不是表姐的那瓶免费牛奶激励了我,凌晨三点,我就出了门。

半夜的小城显得很冷清,几乎没有行人。只是偶尔几辆夜班的出租车驶过,闪着橘黄色的车灯,在黑夜里,更增添了一份清冷的味道。最多的便是乡下往城里送菜的电动三轮车,为了赶着将沾着露水的新鲜蔬菜送到城里的菜市场,菜农打着呵欠,将身体裹得严严实实的,如同一具木乃伊。

我来得太早,奶站的门都没开,我只好拢着袖筒,等在门口。这夜半的冷风可真够厉害的,一口一口地往衣服里咬,我一个劲地打哆嗦。不知道是不是天气太冷的缘故,很快,我那头次上班的兴奋劲便消失殆尽,脑子里忽又现出"宝珠寺"三个字。

人终于逐渐地来了,奶棚里变得拥挤,热烘烘的,说话的声音,打喷嚏的声音,玻璃奶瓶碰撞时发出的声音,一时间,热闹无比。

我领了自行车，又去领奶。牛奶是头一天下午从奶牛场送来的，它们被灌入成千上万个玻璃瓶中，整齐地码在奶架上。我将我那几百瓶牛奶小心地装进我的奶箱里，搬到自行车的后座上，用绳子固定住，上锁，骑车上路。

第一天的工作还算顺利，赶在七点前，我便将所有的牛奶送完了。为了对自己第一天的出色表现予以肯定，从最后那个巷口出来时，我还特意买了一袋子生煎包。

我将包子拿回家，跟秀珍和大囡一起当早点。吃到一半，我突然想起了表姐送的那瓶牛奶。我赶紧从奶箱里翻出，在锅里热了，加白砂糖，分成两碗，一碗给秀珍，一碗给大囡。我告诉秀珍，这牛奶是表姐送的，为了照顾你，别人都没有的。秀珍听了也高兴，感慨几句姐妹情之类的话。

我问大囡，大囡，这牛奶好喝不？

大囡用力点头，我摸了摸她的头，说，等爸爸拿了工资，就再给你也订一瓶。这样，你喝一瓶，妈妈喝一瓶。

大囡翻了翻眼白，那小弟弟生出来怎么办？我那瓶是不是要给弟弟喝了？

那就订三瓶，怎么能少了大囡呢？

大囡高兴地笑，订四瓶，爸爸也喝一瓶。

秀珍没喝，她将牛奶推到我前面，说，你喝吧，吹了一晚上风，暖和暖和。

我摇头，说我才不喝，我闻不惯那味。

秀珍一脸古怪，牛奶有什么味啊？

我说，奶味啊。

秀珍扑哧一下笑了。我说，你笑什么？秀珍压低了声音，你小时候不吃你妈的奶吗？我也笑，你别说，我还真没吃过。我小时候，家里吃不饱，我妈产不下奶。

我们说话的时候，大囡就在旁边看着。我说，大囡，别偷听大人说话，赶紧喝，喝了就能长个。

大囡说，那妈妈喝牛奶也为长个吗？

妈妈不是为长个，妈妈喝了，能变白变漂亮，给你生个白白胖胖的小弟弟。

秀珍脸一红，白了我一眼，说，你别当着孩子的面胡说八道。

大囡咬着生煎包，乐不可支。

2

秀珍站在案板前切菜。切菜的时候，她不时伸手去擦额头上的汗。秀珍比以前爱出汗，因为她胖了，胖得都有些像她的表姐了。

我眯起眼睛，心里有些得意。不会错了，这次肯定是儿子。上一次怀大囡时，秀珍就像段被嚼过的甘蔗，又干又瘦。我都疑心她肚子里不是一个孩子，而是一个馋痨鬼。这次怀孕，秀珍不但没瘦，反而还胖了起来。手臂圆鼓鼓的，微微一低头，还能看见分明的双下巴。

肯定没错，上次那么瘦，生了大囡，这次胖成这样，肯定就是个儿子了。为了要这个儿子，我们乡下老家都不敢待，只能在这城里租房，背井离乡的。等儿子生出来就好了，我们就可以回家住着，不用这样东躲西藏了。

我在心里盘算了一下，秀珍的预产期也就剩两个月了。眼下，全家上下，就靠我每月的一千七百元工资，刨去开支，就剩不下什么了。我想我还得再找个赚钱的门道才行，否则等我儿子从秀珍肚子里爬出来，就真得喝西北风了。

三点多时，我准时从床上爬起来，将米淘好，放入电饭煲，再去卫生间洗漱。刚送奶那阵，每天早上我都吃泡饭。我喜欢吃泡饭，香，热乎乎地喝下去，暖胃。可没过几天，我就发现这样不顶饿，泡饭是吃滋味的，两泡尿就没了。要知道，我一出门，就得从四点忙到七点，不吃新鲜米饭哪里有劲道？

吃好饭，我穿戴上围巾、帽子、手套，骑车出门。在凌晨湿冷的夜风中，将牛奶一瓶瓶地送到订户门口。送完了奶，我也一身热汗。此时，天光已经亮了，街上的人也多起来了。我就靠在路边的电线杆上抽烟，等这口劲缓过来，我也得回家补觉去了。

烟抽到一半，突然有个穿绿衣服的人从我面前骑车过去，经过一户人家门口，他从包裹里取出个东西，随手一扔，又继续往前骑去。是个送报纸的，送牛奶时，我经常会遇见他们。我的脑子突然一激灵，这活跟我送奶时间重合，如果我能找份送报纸的活儿，不是就相当于一份工作、两份工钱吗？

想到这里，我赶紧骑车尾随过去，叫住他。那人停下车，疑惑地看着我。我冲他讨好地笑，递了根烟过去。

你叫我？我们认识吗？

你不认识我，可我认识你。来，先吃根烟。

那人犹豫了一下，将香烟接过去，我赶紧给他点了。

你怎么会认识我？

我们每天都见面啊，你没印象吗？

他皱了眉，似乎脑子更迷糊了。

我是送牛奶的，你是送报纸的，我们不是每天能见面吗？

他一愣，也笑了，对哦，那我们是每天能碰到的。

对了，你吃早饭了吗？他摇了摇头。那正好，我请你吃早饭去，我知道一个地方的生煎特别好吃。

说着，我便拉着他去了那个吃生煎的早点摊。我要了十个生煎，又要了两碗小馄饨。看起来，他也很喜欢这里的包子，没一会儿，十个生煎就没了。不过，他好像还没吃饱。我犹豫了一下，又叫了五个。金灿灿的包子端上来时，我觉得有些心疼。早知道不够，刚才我少吃两个就好了。

吃完了包子，我又热情地给他递烟。他将烟塞进油腻腻的嘴巴，吸进去，在嘴里含了一会儿，然后用力吐了出来。他用舌头舔着牙缝，看上去十分享受的样子。

送报纸这活儿挺辛苦的吧？

还行吧，跟你们送牛奶差不多，别的都还好，就是要起早。

那收入怎么样？

他斜了我一眼，嘿嘿笑两声，你是不是也想送报纸啊？

我有些不好意思地笑，被你猜对了。说实话，我觉得送报纸比送牛奶要好。报纸是有文化的人看的，虽然我不是个文化人，但我也喜欢看报。这送报纸，听着就是个正经活儿。

听了我的话，他显得很受用。

我发现你这人不错，我也不瞒你。这收入嘛，还算不错，一个月能有两千多。不过，现在不是订报的时候，我们没在招人。我们的报纸都是每年元旦前征订的，如果你真想干，到时候再去试试。

我没接话，跑到对面的小卖部买了两包利群香烟，叠在他面前。我笑眯眯地看着他。

那你能不能告诉我，你们那个负责人住在哪里啊？

他愣了一下，笑了起来。

看不出，你这个人脑子还挺活络的。好吧，既然我吃了你的包子，也不好瞒你，谁叫我脸皮薄呢。我告诉你，我们发行站的站长姓马，住在杜鹃巷108号。

我在心里默念了一遍，记住了。

我跟你说，你可不要跟别人说是我把地址告诉你的啊，传到马站长的耳朵里，他要不高兴的。

我赶紧摆手，不会不会。

他懒洋洋地打了个呵欠，好了，我得回家睡觉去了。说完，他就站起身来，顺手将桌上的两包利群香烟抓进了口袋。我陪着起身，又感谢了几句。

离开早点摊子，我没有回家，转身骑车就去了马站长家。大门紧锁着，我刚想敲门，又觉得这样太唐突。如果见了马站长，我该怎么说？总不能直接说我想到你那里上班吧？

我点了一根烟，盯着马站长家光溜溜的大门看了一阵，转身回了家。

到家时，秀珍正陪着大囡坐在床上看书。我摸了摸大囡的头，然后把自己想再找份工作的想法跟秀珍提了。

我说，事情是好事情，就是不知道能不能成，得走走关系。我先前去马站长家看过了，看见他们家没订牛奶，就想着能不能给他订上一份牛奶。不过，也是压手的，订一份牛奶要九十元一个月，一年下来，也要上千块了。

秀珍说，我们家不是还有份牛奶吗？

那怎么行，你还怀着孩子，正需要营养。

秀珍说，其实我也闻不惯那奶味，表姐送了，不喝总是浪费，现在正好，我刚好也不想喝了。

瞎说，你以前可从来没说过你不喜欢喝牛奶。

秀珍笑眯眯地说，我没骗你，我妈生我时，也没有奶。

我一愣，很快便反应过来，我笑着在她胳肢窝里挠了一下。秀珍有些害羞，说你别闹。停下手，我又有些犯愁。

你不喝奶，可还有大囡呢。你看外国的小孩儿那么高，那么白，都是吃牛奶吃的。

那电视里的外国黑人，也都吃牛奶，也不见得白啊？

我不知道秀珍说的是笑话，还是真话。我有点难为情，为了送礼，我居然打起了自己老婆和孩子的主意。

3

马站长家似乎没人有早起的习惯，我将牛奶送去时，他的家里还是一片漆黑。第一天去，我顺利地将牛奶放在了他家的门口，第二天，第三天，第四天，一直都如此，直到第五天。

这天凌晨，正当我把奶瓶放到马站长家门口时，门突然开了。我一抬头，一个穿着花睡衣的秃顶男人正盯着我。

你是谁？

我猜想眼前的这个男人便是马站长，便赔上笑脸。

我是个送奶工，你是马站长吧？

马站长严肃地看着我，你怎么会认识我？还有，你为什么要每天给我送奶？

这是你订的奶啊。

我订的奶？

马站长摸了摸在夜色中发亮的脑袋，你搞错了吧，我家里可从来没订过奶。

不会错的，是我给你订的。

马站长一愣，依旧一副公事公办的面孔，你为什么要给我订奶，什么意思?

我难为情地笑笑,说,我想送报纸。

听了我的话,马站长的眼睛突然亮了,脸上的肌肉也随之松弛了下来,他上下打量着我。

你这个后生,脑筋还蛮活络的嘛。

马站长,你看你能不能帮帮忙,让我也到你那里送报纸?

马站长斜了我一眼,工作上的事情还是上班时到发行站再谈吧。说完,他要关门,我赶紧往门里踩了一步,马站长,你上班的时候,就别买早饭了,我给你带生煎包子来,我知道有个地方的生煎包子特别好吃。马站长笑眯眯地看着我,又摸了摸脑袋,你这个后生,确实蛮活络的。

离开马站长家,我就赶去发行站。我得在这里等着,因为我不知道马站长几点上班。我得等他到了办公室,再回去买包子,这样包子就不会冷掉不好吃了。就这样,一直等到早上八点左右,我差点都睡着了,马站长终于来了。我赶紧骑车赶到那个生煎摊子,拎上一袋包子,又匆匆赶回发行站。

马站长坐在办公室里喝茶,看见我拎着包子进来,显得挺满意。

你还挺准时的嘛。

我笑眯眯地把一袋子热气腾腾的包子放在他面前,马站长,还烫嘴的,你赶紧趁热吃。

马站长没急着吃,任由包子散着热气,慢条斯理地喝了口茶。

你这个人,脑子是活络的。你送牛奶,又送报纸,就等于一个时间把两个活儿干了。不过，我得跟你说清楚，我们这个地方平时是不招人的，只有订报的时候才招人。对了，你们那里有酸奶吗？我那个孙子倒挺喜欢喝酸奶的。

我赶紧接话，有的有的，我给您订一份。

这时，马站长才似乎看见了眼前的包子，他将袋子打开，拿一个出来捏了捏。

当然喽，虽然招工时间还没到，但也不是一点办法都没有。平时，有人辞职的情况，也是有的。这个我还得了解一下，人太多了，我得查一查才能知道。说着，他咬了一口包子，嗯，这包子的味道还蛮好的。

我赶紧又将话接下来，马站长，您以后的早饭就不要买了，我天天给你送生煎。

马站长瞟了我一眼，眉角就像他杯中的茶叶一样，完整地舒展了开来。

算了，算了，我也不查了。我早说过了，你是个活络人，现在像你这样活络的后生也难找喽，我也是爱才。你明天就带着身份证来办手续吧。

我赶紧起身，千恩万谢。

从发行站出来，我有些心疼。原本算计着不另外花钱就把事情办了，没想到，搭进秀珍和大囡的牛奶不算，还多搭进去一份酸奶，一份生煎。订鲜奶90元一个月，订酸奶60元一个月，生煎1块钱一个，一天算5个，一个月150元。这样算起来，我一个月要给他300

元。不过，退回来想想，羊毛出在羊身上，总数还是划算的。发行站每月的工资是1900元，除去马站长那些开销，至少还能剩下1600元。

回家时，大囡正一个人坐在门口的板凳上，她用手托着腮帮子，皱着眉头，看上去有些不大高兴。

大囡，你怎么了，小嘴噘得这么高，都能挂个小水桶了。

大囡抬头看我，爸爸，为什么这几天家里没牛奶了啊？

我愣住了，对啊，这事还没跟大囡说呢。前两天，牛奶没拿回家，她也没问，我都以为她忘了。没想到今天却突然开口问了起来，一时间，我还真不知道该怎么解释。我迟疑了一会儿，胡诌道，大囡，其实是这样。现在的牛奶啊，都不能喝了，因为那些牛都得疯牛病了。

大囡有些疑惑，什么叫疯牛病？

就是牛发疯了，像得了神经病一样。如果人吃了这些疯牛的牛奶，也会变成神经病。

大囡似乎明白了一些，继续问，那人变成神经病是怎么样的？

我伸手将她抱到一边，然后将她坐过的小板凳举过头顶，放在头上，学了一声牛叫。我说，你看，神经病就是像爸爸这样的。

大囡看着我的样子，便不再生气了，咯咯地笑个不停。

第 三 章

1

表姐坐在办公桌后面，双手放在办公桌下，看上去有些紧张。我进门的时候，她稍稍抬了抬下巴。

关门。

我一愣，赶紧将门关上，表姐这才如释重负般的从桌底下拿上一个袋子来。袋子显得很沉，鼓鼓囊囊的。表姐压低声音。

这几天奶牛厂的奶送多了，还剩下这么些。反正也没过期，可以喝的，我就想着让你拿回去给秀珍补充补充营养。

我连声道谢，表姐却摆摆手，都是亲戚，客气什么？随后，她又漫不经心地带了一句，方泉，你以前做过油漆匠吧？

对啊。

哦，是这样，我家里弄了个茶室，装修都搞好了，还剩下点漆活儿。我盘算着这事找别人我也不放心，反正你白天也闲着没事干，就想让你帮下忙。

我愣了一下，没问题。

那就好，下午你就去我那里看看，要买什么东西，你做主。

行，那我下午过来。

表姐满意地看着我，说，我没看错，总归是自己的亲戚贴心。说着，她又突然想起了什么，拿出一张报纸，盖住袋子里的牛奶，又低声道，出去的时候，别让别人看见了。

就这样，我拎着一袋子快过期的牛奶疲惫不堪地往家里赶。骑车的时候，我还用力地晃着自己的脑袋，熬了一夜，实在是太困了，我都怕自己骑着骑着就会睡过去。

到了家，我强打精神，站在院子里用力叫大囡。大囡听见我的声音，从屋里跑出来。我将装满牛奶的袋子递给她，大囡，看看，这是什么？大囡将袋子翻开一看，夸张地大叫，爸爸，你发财了吗？

秀珍听着声音，也走了出来，看见我手里满满一袋的牛奶和酸奶，也是一脸的意外。

你怎么买这么多牛奶啊？

我笑眯眯地说，不是买的，是表姐送的。

她送你那么多牛奶干吗，我们家里又没冰箱，要坏掉的。

我一愣，秀珍说的对啊，这么多牛奶，没冰箱可怎么办？我心里暗暗叹口气，我们可真是穷命，前两天还为没牛奶喝发愁，现在有了这么多牛奶却还得发愁。

中午做饭的时候，我灵机一动，我没往电饭煲里放水，而是将牛奶倒了进去。另外，我还用牛奶做菜。牛奶炒鸡蛋，酸奶拌青菜，反正，我是挖空心思，将满满一袋子的牛奶给用完了。可等我将这些挖空心思做的饭菜摆上桌子的时候，秀珍和大囡却显得无动于衷。特别是大囡，甚至连筷子都懒得动一下。

大囡，你不是老说想喝牛奶吗？今天爸爸用牛奶做了这么多的菜，你怎么不吃啊？

大囡撇着嘴角，爸爸，我喝了一瓶牛奶，又喝了两瓶酸奶，现在，我闻见奶味就难受。

2

表姐家是在城南的一个高档小区里，我也是第一次去，虽然表姐口头上说过几次让我们去玩，但她从来就没发出过真正的邀请。我怀疑，如果不是做漆活儿，我一辈子都不会有机会去她家里。出门时，秀珍问我，为什么不在家里补觉，我随口扯了个谎。我不想让秀珍知道我给表姐家刷漆的事，要知道当初就是她坚持着不让我干漆匠的，她说那个东西太伤身体。

表姐给我开门，我刚想换拖鞋，我怕我踩脏了表姐家的漂亮地板。可表姐却拦住了我，她从旁边的架子里拿出一个盒子，盒子上有一个椭圆形的洞，表姐将盒子放在地上，让我踩进去。我小心翼翼地踩了一脚，拔出来时，上面竟多了一个塑料套。表姐说，你看，这多方便，不用脱鞋换鞋的。我笑笑，心里却有些不舒服，门口分明有许多拖鞋，可表姐却偏偏让我戴脚套，难道是怕我脚臭，熏坏了她的拖鞋?

　　表姐说做茶室的那个房间原本是一个麻将室，可现在作兴喝茶，她便将麻将室敲了。我目测了尺寸，算好了要用的漆。表姐将钱给我，让我替她去买。我脱了鞋套，赶到油漆店，又和送货的三轮车夫一起，将漆一桶一桶地搬到楼上。当我将最后一桶漆搬进房间时，我看见表姐正拿着一个小计算器在一桶一桶地计算着油漆钱。她没留意到我进来，看见我时，有些不好意思地笑，方泉，你别多想啊，我是怕那些卖漆的人诓你。我笑笑，哪里会。其实，我也见怪不怪了。表姐平时就这样，送牛奶时，每一筐、每一瓶她都要反复地数，生怕我们拿多了。别的送奶工还告诉我，说有时候，她甚至晚上不睡觉，专门等在送牛奶的路口，看我们有没有送到，有没有偷奶。我想，也许他们的钱就是这样攒起来的。

　　在表姐家干完活，天已经黑了，她也没留我吃晚饭，给了我十块钱，让我自己到外面吃。兴许是许久没有闻见油漆味了，我也没什么胃口，只是一路走回家，也正好散散身上的油漆味。回到家，秀珍和大囡已经睡了，我洗了澡，又将衣服洗了，这才安心回房间躺下。

　　不知为什么，白天那么犯困，此刻我却没有丝毫的睡意。我觉得有些烦躁，就像有什么东西在我脑子里盘旋，不得安宁。我努力睡了一会儿，始终睡不着，便又起来躲进卫生间。我坐在马桶上，点了根香烟，很快，白色的烟雾便在狭小的卫生间升腾、盘旋起来。过了一会儿，楼梯口传来了脚步声，应该是租在楼上的那个年轻姑娘也回来了。我也不知道她是做什么工作的，每天都很晚回来。今天，这脚步声似乎还不止她一个人，交叠着上了楼梯，又进了房间。随后，便没了声音。再一会儿，我便听见床角吱吱嘎嘎地响起来，似乎还有那个姑娘若有若无的哼哼声。我的脸颊顿时热了起来。自从进了城，和大囡挤在这一个房间里，我和秀珍就再也没有过夫妻生活了。本来，平日里的忙碌和疲惫，已经把这变成了忽略不计的事情，可现在，楼上的声音却重新唤起了身体的记忆。我坐在马桶上，看着头顶那盏微微跳动的白炽灯，企图抵抗心底浮出的那些想法。可我的耳朵却不听使唤，它像长了手，将楼上的声音一丝一缕地全拉扯了进去，我觉着有些晕眩。

就在这时，忽然有人敲门，我一阵手忙脚乱。随后，我便听见秀珍在门口轻轻地叫唤我，方泉，你在里面吗？我赶紧起身，打开门。

秀珍站在门口。

方泉，大半夜的，你怎么在厕所里坐了半天？

可能是白天牛奶喝多了，肚子不大舒服。我随口扯了个谎。

是吗，被你一说，我好像也觉着肚子不舒服了。

我笑笑，看来我们的肚子都是受苦受惯了，偶尔一次享福，就受不了。对了，你也要用厕所吗？

秀珍摇摇头，伸手指了指楼上。

你也听见了？

这么大声，谁听不见啊。唉，这大晚上的，让不让别人睡了？

二囡似乎是听到了祈求，故意跟我作对。我刚眯上眼睛不久，她就哭开了。奇怪的是，我一睁眼，她就不哭。她看着我，脸上露出一种似笑非笑的神情。我有些哭笑不得，我甚至疑心这小鬼头是不是在故意折腾我。

每天晚上，我几乎都睡不到两个小时，好不容易将二囡的哭声平息下去，这头，上班的手机闹铃又响了。我只能痛苦地从被窝里爬出来。那一刻，我仿佛能体味到蛇蜕皮时是怎样的一种滋味。我机械地穿好衣服，然后骑上那辆吱嘎作响的自行车，一头扑进漫无边际的黑暗之中。我都不知道，我是怎么找到那些订户的家的，因为我都记不得骑车的时候，我有没有睁开过眼睛。我怀疑自己现在已经是一个有特异功能的人。

二囡四脚朝天地躺在床上。我跪在床前，将她沾满了黄屎的尿布像拆地雷一样从她腿间小心地抽出来。我扭头往院子里看，衣架上就像旗帜一样挂着各种颜色的尿布。此刻，大囡就坐在衣架旁的板凳上，她一只手支着腮帮子，另一只手拿着一根不知从哪里弄来的小木棍，在地上无聊地涂画着。

大囡，帮爸爸拿片尿布过来。

大囡没有搭理我，像是根本没听见。

大囡，我跟你说话呢，你没听见吗？拿块尿布来。

大囡还是不理我，继续在地上涂画着。我有些不高兴，起身走到院子里，轻轻掸了一下她的后脑勺。

懒得可以去卖了。

我从衣架上取了尿布，回屋里给二囡换上。换好尿布，我又往院子里看，大囡不见了，不知道又跑到哪里去了。

秀珍从厕所里出来，我忍不住跟她抱怨道，这大囡越来越不听话了，一天比一天懒。

你不要老是说她，孩子大了，不能总说的。

我没好气地说，这么一丁点大就说不得，等到再大些，还不上了天？

秀珍看着我，目光有些惊异。我也察觉到了自己的火气有些突兀。我赶紧缓了缓神情，伸出手指，轻轻地挑了一下二囡的下巴。秀珍赶紧打开我的手。

你别动她下巴，小心大了流涎。

我笑着，哪有那么娇贵。

秀珍出去买菜，我抱着二囡坐到院子里，用脸蹭她，将头发往她手里塞，逗她笑。二囡在我怀里安分了一会儿，突然扭头往一边使劲，似乎是发现了什么让她感兴趣的东西。我顺着她扭动的方向，往门口看。不知什么时候，大囡回来了，她蹲在院子一角，正拿着一个毛毛熊在玩。难道二囡是想要玩具熊？

大囡，把你的毛毛熊给妹妹玩一下。

大囡警觉地看了我一眼，不应声，反而将手里的毛毛熊抱得更紧了一点。这孩子，我有些不高兴，大囡，听爸爸的话，把玩具熊给二囡玩一下。大囡还是不理我，这时，二囡突然大哭了起来。我哄了一阵，始终没止住啼哭。我不高兴，起身走到大囡身边，将她手里的毛毛熊扯了过来。我拿着毛毛熊在二囡眼前晃，一晃，二囡就咯吱吱地笑了起来。

秀珍拎着菜篮子回来，看了看门口的大囡，又看了看我手中的毛毛熊，说，你拿大囡的玩具做什么？

我说，二囡喜欢这熊呢。

秀珍说，二囡这么小，哪知道玩？赶紧还给大囡。

我说，等会儿，二囡正玩得开心呢。

秀珍在我腰上捅了一下，将熊拿了过去。她走到门口，将毛毛熊递给大囡，大囡，拿去吧，爸爸逗你呢。大囡硬着脸将熊接过去，突然一甩手用力地砸在了地上。我一下子火了。大囡，你这是干吗？把玩具熊捡起来。大囡将头一撇，不理我。我起身，两步迈过去，一巴掌刮在了她的后脑勺上。秀珍赶紧跟出来，用力推我一下，你干吗打孩子啊？我愣在那里，一伸手我就后悔了，我怎么能打大囡呢？

大囡挨了打，站在那里，翻着眼白死死地盯着我。她不哭，也不闹，站在那里，眼泪在眼眶里亮晶晶地闪动，可她却硬撑着不让它流出来。我知道自己做了错事，但我又不想在孩子面前示弱。一时之间，大家都僵在了一起，房间的气氛凝滞了一般。就在这一刻，我忽然有些孤独，让我羞愧的孤独。我似乎突然成了这个家里多余的一个人。我不知道这感觉从何而来，这让我觉得烦躁无比。我把二囡放到床上，转身出了门。

我站在外面，点了根烟，用力吸了几口，情绪才似乎稍微缓和了一些。但我又不想回去，现在回去，我都不知道该用什么表情面对她们。我只能朝外面走，走到巷子口，是一个棋牌室。我转进去，挤在麻将桌旁，看了会儿麻将。我不会搓麻将，也看不懂，看着看着，就靠在旁边的柱子上开始打瞌睡。

回家时，大囡缩着身子，依旧坐在门口的小椅子上。她将两只手抱在胸前，就像一只在屋檐下躲避风雨的小动物。这一刻，我的鼻子突然有些发酸，我走近了，摸了下大囡的头发，大囡却将头轻轻地撇过去，不愿意理我。我叹了口气，走进屋子里头。秀珍看了我一眼，说，你怎么也跟孩子似的？快吃饭。

吃完了饭，秀珍叮嘱我下午好好睡个觉，她带二囡和大囡去外面转转。

就这样，我一个人躲在家里昏昏沉沉地睡了过去。我似乎从来没有睡得这么死过。我觉得自己就像一块沉重的铁，压在床上，就再也起不来了。醒来时，竟然已经是半夜两点多了。此刻，大囡已经睡了。今天的二囡不知怎么回事，也睡得特别乖，歪着嘴，竟然还发出低低的呼噜声。

醒来后，我就再也睡不着了。我起身，坐在大囡的床边，看了她一阵，我轻轻拂了一下她的头发，心里说不出来的难受。坐了一会儿，我便悄悄起了身，推着自行车出了院子。

此刻，街上零星还有些人，可能是半夜打麻将或者是消夜刚回来的。我推着自行车，沿着马路慢慢地走。最后，走到东门庵的时候，我觉得有些累，便在庵堂的门槛上坐了下来。我下意识地从口袋里摸出了香烟，我拔了一根出来，刚想点燃，突然闻见哪里传来了一股非常舒服的香味，这香味若有若无，似乎还有些熟悉。又辨别了一阵，我发现这香味是从庵堂里传出来的。哦，我明白了，这是燃烧的檀香的味道。我忽然想起了阿宏叔，在阿宏叔的寺庙里，到处都弥漫着这种檀香的味道。我贪婪地呼吸着这香味，觉得浑身舒坦，就像有一双手，伸进了我的身体，温和有力地抚摸着。

我没有点燃手里的香烟，我失去了抽烟的念头，我怕这烟味搅乱了檀香的味道。

4

大囡搬了两个板凳，一左一右放好，然后又在板凳上绑上皮筋，在上面灵巧地跳着。我远远地坐在板凳上看着她，此刻，我很想跟她说说话，为昨天的冲动道个歉，但我又觉得拉不下脸来。大囡似乎也有这样的想法，她一边跳，一边偷偷地朝我这边张望。突然，大囡的脚绊到了皮筋上，随后啪的一声，一条板凳和大囡同时倒在了地上。我赶紧上去扶起大囡。

没事吧？摔到了没有？

大囡面无表情地摇了摇头，起身将凳子扶起来，准备继续跳。我阻止了她。

大囡，别跳了，爸爸带你去公园好不好？

大囡撇着嘴，想了想。

那妹妹怎么办？

今天不管妹妹了，今天就陪大囡一个人。

大囡抿嘴，有些得意。她拉住我往自行车旁小跑过去。我将她抱起，放在自行车的后座上，往外骑了出去。大囡在身后，紧紧地拽着我的衣服，我低头看了下她的小手，突然有些难过。

在公园里，我花二十元钱陪大囡玩了一次碰碰车。以前，我从来没有带她玩过碰碰车，我舍不得花钱。看得出来，她很喜欢，每次跟别的车碰到，她就往我怀里躲，咯咯地笑个不停。我看大囡这么开心，玩过一次后，就准备交钱让她再玩一次，可她却怎么都不要再玩了，说自己害怕。我知道，她不是害怕，她是为我省钱。

离开公园时，我看见门口那里摆了一个摊子，上面放满了大大小小的玩具。我弯下腰，在众多的玩具里面挑了个灰色的绒毛熊，递给大囡。

大囡，喜欢吗？

喜欢的。

那爸爸买了送给你。

大囡摆了摆手，爸爸，我不要。

我摸了摸她的头，拿着吧，放心，爸爸有钱的。

回到家，大囡一进门就跟秀珍说，妈妈，爸爸给我买毛毛熊了。

大囡高兴，秀珍也高兴。她摸着大囡的头，说这熊真好看。大囡拿着毛毛熊，趴在二囡身边逗她玩。玩了一阵，二囡就无心无肺地睡着了。大囡将新买的那个熊放在了二囡的旁边，然后又将旧的那个毛毛熊抱在了怀里。

　　大囡翘着脑袋，眼睛亮晶晶地看着我，爸爸，新的小熊就送给妹妹吧，我喜欢这个。

　　我摸了摸她的头，想说些什么，却什么话也说不出来。

第 四 章

1

　　表姐的奶牛场出问题了。有几个客户接二连三地吃坏了肚子，其中有一个人还将电话打给了报社，将这个事曝了光。虽然后来没查出什么事，表姐还在报纸上做了广告，但牛奶的销量却一落千丈。加上这段时间，市面上又多了好几个牛奶牌子，表姐的奶牛场更是雪上加霜。为了省钱，秀珍的表姐想出了奇招，解雇一批送奶工，留下的人各送半个月，工资也只发之前的一半。

　　我想过从秀珍表姐那里辞职。事实上，我早就不想在那里干了，明明我的活儿干得比别人多，却又像受了她的多少恩惠似的。可秀珍不答应，她说总归是亲戚，帮忙也要帮的，不能落井下石。秀珍这么说，我也不好再说什么，只能这样有一搭没一搭地上着班。

　　这天上午，阿宏叔打来了电话，说他有个师兄的庙里要做佛事，问我有没有兴趣去做个空班。我有些发愣，没想到阿宏叔还惦记着这个事。我迟疑着说，我什么都不会，去了不会出洋相吧？阿宏叔说,没事,做空班没那么多讲究,就算你一句不会念,剃个头,凑个数就行。我是觉着你上次来我寺里,剃了头回去,一分钱没赚着,有些难为情。这次有这个机会,你去待一礼拜,赚个一千来块,也蛮好。

阿宏叔让我考虑考虑,考虑好了再给他回复。

说起来也怪,上次在阿宏叔那里,剃了光头准备做和尚时,我显得那样心神不宁。可是,真离开了寺庙到城里来送奶,我又感觉后悔。我说不清那种感觉,似乎心底里,我还是想做和尚这个行当的。那次从阿宏叔的寺庙里回来,我还带回来一本楞严,平时没事时,我总会偷偷拿出来翻一翻,还会念上几句。心底里,我甚至期待着有一天我能念得像阿宏叔那样好。

可是,我还是有顾虑。要知道,这一出去便是一礼拜,奶站和送报纸倒没问题,平时,谁要是没空,买上几包烟,大家都会帮忙,举手之劳而已。以前,我帮他们干,现在我出门了,他们自然也会帮我。关键还是秀珍,我平时从来不出门,这一出去就是六七天,怎么跟她开口?实话是断然不能说的,要听说我去当和尚,她肯定不愿意。

我在脑子里盘算了,要不就谎称是某个远房亲戚死了吧。丧事有亲人守夜的习俗,可以待得久些。这应该算是个不错的理由,不过,这亲戚不能说得太远,说远了,万一回来后秀珍问起当地的风土人情,我圆不回来。但也不能太近,我的亲戚熟人都在本地,说近了,就像是在咒他们,心里过意不去。想来想去,我把人选定在了舟山,不远不近，秀珍要是问起来，那地方我多少还是知道些的。还有，舟山我是半个亲戚没有，说了不吉利的话，也是百无禁忌。

秀珍，我得出趟远门，要一个礼拜才能回来。

去干吗啊？

我用力咽了一口唾沫，那个，我舟山的一个堂叔没有了，我得赶过去。

秀珍有些疑惑，我以前怎么从没听你说过舟山还有亲戚？

我觉得脸上有些发烫，没说过吗？不会吧，我肯定说过的，是你不记得了吧？对了，我们结婚时，他还来过的，我还带着你去敬酒呢。

见我说得这么具体，秀珍似乎不再生疑。她在床上折着二囡的小衣服，弄得我有些心虚，不知道她到底是同意还是不同意。我想了想，便伏在二囡身前，拉了拉她的小手。

二囡，你要听妈妈的话，爸爸回来就给你带好吃的。

秀珍就接了话，你可别乱买东西，她这么小能吃什么？

我一听，心里一阵高兴，秀珍这一关算是过了。

出门前，我特意跑到巷口的那个理发店剃了个光头。阿宏叔在电话里特意叮嘱过，山上人多事多，没人有空帮我理头发，我要提前理好了再去。

回到家里，大囡正好在门口，她盯着我看，像看一个陌生人。我说，大囡，爸爸剃光头好看吗？大囡笑着说好看。她似乎想了想，又补了一句，像个和尚。

2

寺庙叫油盐寺，离城不远，坐二十几分钟的城乡中巴就到了。站台就在山脚，去山上，有一条平坦宽阔的水泥路。站台旁停了好几辆电动三轮车，可以一直拉到庙门口。可我没坐车，我问了，去山上要十元钱，我舍不得。

我沿着山路往上走。不时有剃了光头的人坐着电动三轮车从我身边经过，我猜想着他们可能是我的同行。估计他们也是这么想我的，当他们的目光往我身上打量时，我感到有些尴尬，像是做坏事，被人揭穿了一样。

走了十几分钟，眼前现出一段岔路，有个指示牌，上面有个箭头符号，提醒着去油盐寺的方向。我顺着指示牌又走了一段路，终于看见了一个很大的寺庙。当我看见寺庙的一刻，日头正好被寺庙的飞檐挡住，只剩下金黄色的光芒在屋顶散发开来，这些光束让寺庙看上去巨大而又辉煌。这一刻，我忽然觉着身上一阵阵地起鸡皮疙瘩，这会是佛光吗？我有些心虚，这似乎是一个暗示，我这样一个假和尚，真的可以这样堂而皇之地跑进寺庙里去吗？

我硬着头皮往寺里走，进了门口，便遇到一位寺里的僧人。我跟他打听长了师父在哪里。他示意我再往里面走，长了师父住靠东的那间禅房。我跟他道谢，又往前走一阵。果然看见一个和尚在房间里喝工夫茶，看上去四十几岁年纪，长得壮实，相貌和善。我进门，跟他说了自己的身份，长了和尚便笑眯眯地说蛮好蛮好，招呼我坐下喝茶。随后，他问我有没有带水衣来。我一愣，什么水衣？长了师父说，做水陆时要用的。我本来想说，这是我第一次当空班，没有水衣。但话到嘴边，我忍住了，只是说自己忘了带了。长了师父说，那你就先买一件吧。我把衣服拿给你，等下人多了，乱哄哄的，忙不过来的。我一愣，怎么还没开始，就要先付钱啊？我问，多少钱啊？长了师父说，三十元。我不大情愿地将钱付了。随后，长了师父便走进里屋，拿出了两件僧衣，他将其中的一件薄薄的纱质材料的衣服递给我，这个红水衣三十元，每个人都要买的。你别心疼，以后还能用的。我赶紧解释，不心疼不心疼。长了师父笑笑，又将另一件袈裟递给我，你是守元师兄介绍来的，这袈裟你就不用买了，先借你穿穿，到时还给寺里就行了。我道了谢，将外套脱下，将红水衣和袈裟依次穿上。长了师父看了看我，说，嗯，相貌蛮好。对了，你会念经吗？我有些心虚，嘴上却说，念过楞严，不过不是很熟练。长了师父有些惊讶，这倒是难得的。他掏出手机看了看，好了，那你先出去吧，在大殿前等着，等下就要净坛了。我应了一声，便走出了禅房。

　　此时，大殿前已经站了几十个人了，都剃着光头，穿着袈裟。大家都嘻嘻哈哈地说笑着，等着马上要开始的净坛仪式。看上去，这些人都是老手，不像我，连净坛是怎么回事都搞不清楚。站在大殿前的空地上，我的脑子空白一片，虽然阿宏叔交代过，我只要学着别人的动作就行了，可我还是紧张得不行。毕竟这是寺庙，我总觉得会有某双眼睛在盯着我。

　　站了一会儿，有个年轻的僧人过来，给大家分发水瓶和竹枝。我不知道这是做什么用，但我又不好意思问别人，我不能让别人看出我是新手。虽然心虚，但我还是努力把自己打扮成一个什么都会的老手一样。水瓶和竹枝分发完毕，又过了一会儿，长了师父便从禅房里走了出来。此刻，他已经换上了一身闪着金光的袈裟，面容肃穆，手捧一个白瓷的玉净瓶，他走动时，袈裟上的金线就在日光下不停地闪动，就如同电视里的唐僧一样。

　　长了师父一来，大殿前刚还麻雀一般叽叽喳喳的人群瞬间安静了下来。长了师父面无表情地从众人身边走过，站在了最前头。随后，其他僧人便像受到了指令，齐整地排列在他身后，神情肃穆，悄无声息。

　　南无喝啰怛那哆啰夜耶。长了师父定了定神，开腔长长地唱出一句。

　　我站在人群的最后，眼前是一排泛着光亮的人头，我看不见长了师父，但我能清晰地听见一个圆润饱满的声音从人群的最前头漂亮地滑将出来。我的皮肤开始一阵阵地紧缩，我感觉到一种从未有过的庄重感。

　　长了师父的唱腔一落，后面一帮僧众的唱腔便起，随后又是长了师父唱，众僧跟着又合，一起一落，好听得很。就这样，一群人在寺内慢慢地走着唱着，一边走，一边将手中的竹叶蘸了瓶中的净水，向四处挥洒。

起初，跟在人群后，我还显得有些战战兢兢，因为我觉着自己是这群人中最身份不明的一个。但没多久，我便适应了这样的气氛，我一边洒着净水，一边念念有词。甚至，在装模作样张嘴闭口之间，我都疑心耳边那些诵经声真是从我的嘴中发出的。

净坛仪式完成后，便有年轻的僧人带着我们去禅房休息。一进了房间，大家便像入了林的鸟儿一样，顿时闹腾起来。到处都是说话的声音，因为房间高大，回音重，这些声音在耳朵里晃来晃去，许久都消散不了。我没有熟人，无人说话，便找了张床，顾自躺下。翻来覆去睡了一会儿，睡不着。无事可做，便将随身带的那本楞严拿出来翻。

等到晚上八点钟左右，那个年轻师父又进来了，让我们熄灯睡觉。很快，房间里的灯熄了，嘈杂的声音也逐渐消散。起初还有人说上几句话，但这声音很快也被深深的寂静所淹没。

平时，我总感觉睡不够，可今天，我却始终进不了梦乡。身边没有秀珍，躺在这个有着几十个陌生人的房间里，让我非常地不适应。翻转一阵，索性便将手机打开，用手机的光亮对着那本楞严，继续翻着。一旁睡着的人不高兴，说，你不要开着手机，你开着手机那么亮，我怎么睡？明天一早还有早课呢。我尴尬笑笑，赶紧将手机关上。我躺在床上，瞪着屋顶。其实，我根本看不见什么，只有黑，深不见底的黑。此时，我开始闻见房间里有一股奇怪的味道，汗味、体臭，还有檀香，纠缠在一起，怪异无比。很快，有睡熟了的人开始说梦话，还有人打呼噜、磨牙。黑暗的空间里，不时传来某种怪异的声音，这些原本微小的声音在空旷的禅房里被放大，黏在黑乎乎的空气里，似乎能看见它们变成了各种形状，四下飘散。

凌晨四点的时候，有僧人来叫醒。此时，我刚入睡不久，眼皮就像两道石闸门，沉重疲乏。房间里的灯打开了，光亮像针一样穿过眼皮，往眼珠子里扎。我侧过身，躲着光线，然后用左手用力地抠自己的右手虎口，试图能让自己清醒一些。

人们陆续起来，穿戴完毕，打着呵欠，三三两两地往门口走。我也挣扎着起来，跟在人群后。迷迷糊糊走到门口时，突然一阵奇冷的风吹来，身体抽筋般的打个冷战，脑子便也清醒了。我尾随着众人穿过禅房和大殿之间那段黑暗并且湿冷的石子路面，来到大殿的门口。在这里，僧人们又排列一番，然后悄无声息地从大殿门口鱼贯而入。

长了师父闭目端坐在金黄色的蒲团之上，在他身后，是一尊垂目俯视众生的释迦牟尼佛。众人进入大殿，在长了师父的两边分别站立。长了师父睁开眼睛，朝两边扫视一遍，然后又闭上。过了一会儿，一群不是和尚打扮的人从大殿外走了进来。领头的手中捧着一个龙头香炉，走进后，便虔诚地跪倒在地上。这时，有僧人敲打起了法器，长了师父开嗓，第一句唱的便是"南无楞严会上佛菩萨，妙湛总持不动尊"。我耳朵一紧，听出长了师父唱的是楞严。虽然他的语速很快，但楞严起始的两句，我早已熟悉。

听上去，长了师父唱得似乎比昨天还要好些，虽然声音不如昨天清亮，但可能因为大殿内回响的缘故，却多了些浑厚和庄重。长了师父一开腔,整个殿内的气氛便都凝固住了,我闭着眼睛,觉得身体里的一些东西被慢慢排出来,变得澄澈起来。

四点半开始的早课,进行了大概一个钟头左右。早课结束后,大家去斋堂吃了早饭,然后又跑回禅房睡回笼觉。等到七点一刻左右,预备钟开始敲响,提醒众人做好准备。七点半,鼓声起了,佛事要开始了。一群人便又离开禅房,回到大殿。

和早课相比,白天的佛事,香客数量明显多了,大约有几十人,将大殿的一角填得满满当当。早上的佛事,念的是梁皇忏。第一节,念四十分钟,然后休息半个钟头再继续。梁皇忏我不熟悉,站在人群后,脑袋变得昏昏沉沉,眼皮也开始打架。好容易挨到休息时间,我便匆匆赶回禅房,想抽空打会儿盹。可这时的禅房却比凌晨的奶站还要热闹。各种声音此起彼伏,直往耳朵里头钻。唉,又没法睡了。我无事可做,便又起身拿着楞严胡乱翻着。不知什么时候,有个人坐到我身边,盯着我手里的书。我认得他,早上的时候,他就站在我旁边。他看上去年纪很大了,经念得很好。

你这么认真,想当大和尚吗?

我不好意思地笑笑,哪里,我是不会念,所以要多练习。要是能念得像你那样好就好了。

我这么说,他却扑哧笑了,你觉得我会念经?

当然,早上我就站在你旁边,你经文念得熟。

他又笑,这样,你念一段楞严。你念的时候,注意看我的嘴巴。

我不知道他什么意思,便照着做了。我盯着他的嘴巴,看见他的嘴唇随着我的声音准确地翻动。经文起，嘴唇动，经文止，嘴唇便闭合。虽然他的嘴唇拿捏得很准确，可仔细看，还是能看出他嘴唇的发声形状有些不一样，他的嘴张得极小，像鱼。

看出来了吧？我根本就不会念经。你也不想想，我这么老了，如果经文念得好，怎么还会在这里做空班？他往我身前凑了凑，只是混口饭吃，会不会念经都不要紧，只要会动嘴皮子就行。

我下意识地张了张嘴，却感觉不发声比发声还要难。

没那么容易吧？有诀窍的，表情啊，嘴巴大小啊，都要配合得好。你想想，做空班，在那里一站就是半天，还要一直集中注意力，怎么会容易？现在很多年轻人来站空班，心血来潮了，嘴巴就像安了弹簧一样动个没完。站得烦了，嘴又沾上了胶水，半天不动。你说说，这样怎么行？起码架子要搭得像些。我看你像个有上进心的人，就跟你说说废话，虽然空班是这一行里最底下的，可好歹也是个饭碗，既然是饭碗，就得端好，是吧？我最看不惯现在的小年轻，吊儿郎当的，好像当空班委屈了他似的。这样下去，这一行早晚被他们做坏掉。

老空班的话听得我频频点头，我觉得他说得很对，既然是个饭碗，就一定要想办法端好。我还想再跟他探讨些当空班的诀窍时，第二节佛事又要开始了，房间里的人乱纷纷地跑出去，往大殿里赶。

上午的佛事，一共要做三节。可能是前两节的时间拖得有些长，最后一节就显得匆忙了。按照寺里的规矩，不论最后一节有没有做完，十点半前，早上的佛事是一定要结束的。老规矩讲究过午不食，从十一点开始，便是中午了。我跟着众人去斋堂吃饭。进了斋堂，是一排长长的方桌。长了师父坐在最中间，其余人分两边落座。桌上的碗筷十分整齐。很快，居士们端着饭菜上来了，菜是素菜，散发着浓郁的菜籽油的味道，让人胃口大开。

　　吃过午饭，我忽然很想抽烟。来这里后，我一根香烟都没抽过。可我又不敢抽，生怕别人看见。我走到寺院的围墙外，随手从边旁的桂花树上折了根细枝，当作根烟放在嘴里叼着。我站在树下，我听见檐牙上的挂钟叮叮咚咚地响，随后，我便觉着一阵风过来了，吹得身边的桂花树一阵窸窸窣窣地响动。我倚在桂花树上，叼着树枝，眯着眼看山下像火柴盒一样大小的房子以及远处蓝色的海，觉得满心的自在。

　　我想，如果还有机会，我还会出来当空班的。

第 五 章

1

临近中午,我昏沉醒来。一睁眼,便看见秀珍坐在床头,正拿着一份报纸在看。秀珍可从来不看报纸,我疑心自己的眼睛出了问题,用力揉了揉。

你在看什么?

招工信息,我想出去找份工作。

我一愣。等过了夏天,大囡就要上小学了。我们没有城市户口,要想留在这里念书,得交八千元的赞助费。秀珍想出去挣钱了。

可我不想让秀珍出去工作。结婚时,我跟她保证过,一辈子都不让她去上班。我负责到外面挣钱,她就在家里做家务,带孩子。

可秀珍对我的说法却不以为然,以前年轻时说的话怎么能算数?再说了,那时我们不是还在乡下吗?你看看现在,花销那么大,就你一份工作,怎么够?

我还想再说些什么,秀珍却认真了。

你不要劝我，我已经想好了，我一定要找份工作。反正白天你在家也没事，辛苦些，帮着带带大囡和二囡。等大囡上学了，那就轻松了。

我不再说话，点了根香烟抽。

秀珍问我，你是不是不高兴？

我摇了摇头，没有啊，怎么会？我都让女人出门挣钱了，我还有什么资格不高兴？

秀珍摸了摸我的头，笑笑，怎么像个孩子一样？好了，帮我参谋参谋。你看，这是我今天早上特意去买来的报纸，你看看什么工作适合我？

秀珍拿着报纸，用手指在中缝的招工信息上比画着。

你看，这个饭店在招洗碗工。我斜了一眼，用力摇头，不行不行，手要被泡烂的。秀珍又点了一个钟点工的活儿，我又摇头。那是旧社会丫鬟干的活儿，我怎么能让你去当丫鬟呢？秀珍又找了个帮别人白天带孩子的活儿，我把头摇得跟拨浪鼓一样，那就更不行了，家里还有大囡二囡呢，扔下自己的孩子去带别人家的孩子，这算怎么回事啊？

秀珍不高兴了，她将报纸一扔，盯着我，这也不行，那也不行。你是不是存心不让我去找工作？我赶紧说好话，我怎么不让了，不是帮你一起看着吗？我跟你说，这找工作又不是去市场买菜，哪有那么容易？再说了，就算买菜，也要挑挑拣拣不是？

秀珍青着脸，我又没经验，又没文凭，难道你还想让我去找份坐办公室的工作啊？

秀珍不再理我，转身去哄刚睡醒的二囡。我顺着报纸的中缝从上往下认真地看着，看见个超市营业员的工作。我盘算了一下，超市营业员，待在屋里头上班，风吹不着，雨淋不着，倒还不错。

吃了午饭，我对大囡说，大囡，爸爸带你逛街去。大囡听了，便兴高采烈地爬上了我的自行车后座。我好久没带她出门了，大囡挺兴奋，拉着我的衣服后沿，嘴里喊着，嘚儿驾，嘚儿驾。我笑着骂她，把你爸爸当马啊。

转了一圈，我找到那家报上登的超市。秀珍这次是铁了心要出来工作，既然不能说服她，那我就帮她把好关。这可是秀珍嫁给我后第一次找工作，一定不能让她吃苦。

我停下车，将大囡抱下来，走，大囡，爸爸带你买薯片去。大囡笑眯眯地说，爸爸，你今天怎么这么大方啊？我说，难道爸爸平时很小气吗？大囡用力摇头，爸爸不小气。

我和大囡进了超市。说实话，一进门，我就喜欢上了这地方。虽然不大，却十分有派头。整齐的货架横了一排又一排，地面上铺着土黄色的瓷砖，尽管是大白天，超市里却开着电灯，灯光落在瓷砖上，泛着光，显得干净透亮。

超市里有四五个营业员，穿着统一的白色制服，显得很神气。站在货架前，我不时去偷看那几个营业员，我想，要是秀珍穿上和她们一样的白色衣服，一定比她们好看，比她们神气。

走出超市，我问大囡，大囡，以后妈妈也到这里来上班好不好？

大囡说，好，那我以后就天天有薯片吃了。我笑笑，摸了摸她的后脑勺。

回了家，秀珍正在给二囡喂奶，我就在旁边看她，秀珍发现了，脸一红，你看什么？

我嬉皮笑脸地说，我在想，要是你工作了，二囡吃奶怎么办？

那个没事，我可以把奶先挤在奶瓶里的。就像牛奶一样，吃起来也方便的。秀珍怔了怔，不过，吃奶方便有什么用，你又不让我去工作。

这时，大囡便在一旁嚷嚷，妈妈，我刚才和爸爸去你上班的地方看过了。

秀珍一愣，什么我上班的地方？

我说，超市啊，报纸上登了，有个超市在招人。

我翻出那张报纸，指给秀珍看。秀珍看了，却显得有些不自信，去超市上班，我行吗？

怎么不行？我将大囡叫过来，大囡，你说，超市里的阿姨有没有妈妈好看？大囡点了点头，但很快又摇了摇头，妈妈比她们好看。

听了大囡的话，秀珍也笑了。我看秀珍笑，便趁热打铁，我去看了，那超市真心不错，营业员都穿白色衣服，你说，不干净的地方，谁敢穿白的？而且我看了，他们工作也轻松，基本没什么事做，待在房间里头，雨淋不着，日头晒不着，简直就跟当了领导干部一样。

那么好的地方，我肯定做不来的。

怎么做不来，不就是坐着收收钱嘛？坐累了，就起来四处转转，跟锻炼身体一样，太简单了，我看连傻子都能做。

秀珍低头想了一会儿，反正，你说行，那我就去试试吧。

第二天一早，我便陪着秀珍去超市应聘。面试的地方在超市的二楼，一到地方，我才发现来应聘的人那么多，清一色的妇女，站在狭窄的过道上，都有些拥挤了。看到这阵势，秀珍似乎又胆怯了，她低声跟我说，还是算了吧，你看我什么都不会。

来都来了，怎么能算啊？放心，不就是营业员嘛，又不是考航天兵，没么可怕的。

过了一会儿，秀珍又说，我看我们还是回去吧，两个孩子都在家里呢，我不放心。

没什么不放心的，大囡那么懂事，会照顾好二囡的。

秀珍不再说话，咬着嘴唇，将衣服角往自己的手指上使劲地缠着。她看上去紧张得不行。

我想了想，问道，秀珍，你识数吗？

秀珍白了我一眼，看你问的，我怎么会不识数啊？

识数就够了啊，营业员不就是记数字嘛？我跟你说，无论是什么人，归根结底都一样，有没有本事，就看你有没有在那位置上。我跟你说过没有，我们村里原先有个人，连小学都没毕业，可他还不是当了我们学校的代课老师。

秀珍扑哧一下笑了，难怪会教出你这样的学生。

我也笑，别担心，肯定能通过的。

就这样，我们在走廊上等了半个多钟头，终于轮到秀珍了。这时，她又胆怯地看了我一眼，我拍了拍她的肩膀，去吧，胆子大些。有我呢，没事儿。

秀珍进了办公室，我就站在外头等。说实话，我觉得自己现在比秀珍还紧张。我倒不是紧张她能不能获得这份工作，我是怕她受挫折。跟我结婚后，秀珍一直都待在家里料理家务，很少出门。这是她第一次应聘，我又把话说得那么满，要真应聘不成，我怕她会受不了。我有些不安地在走廊上来回踱步，踱来踱去，我看见墙上有一排超市员工的照片。我看见这个超市的店长还挺年轻的，长得还有点像一个挺有名的香港歌星。

终于，秀珍出来了，她的脸涨得通红，也不知道面试怎么样了。

我赶紧迎上去，怎么样？

秀珍显得有些沮丧，说，里面坐着两个人，都是男的。本来我也准备好了说的话，可他们一开口问我，我就紧张得连气都喘不上来。唉，不行不行，这次肯定是不行了。

我赶紧安慰她，怎么会不行呢？你看，你这么紧张，恰恰说明你这个人很淳朴，现在淳朴的员工去哪里找啊？放心，他们肯定能看中你的。

你是没见其他的人，都说得比我好。

你怎么知道？你又没听见她们说。

秀珍低头不语。回家的路上，她一直显得情绪不高。回家后，她也不再提工作的事，只是默不作声地在院子里做饭。我坐在门口抽烟，该怎么弄才能把这份工作落停呢？我用力揉了揉自己的太阳穴,这时,我看见大囡画在地上的方格子,这是她用来玩跳房子的。我的脑瓜子一闪,我跟秀珍说,我出去一趟。还没等秀珍答话,我便急匆匆地推着自行车出了门。

我骑着车,到了附近的那个农贸市场,买一个红色的塑料桶。然后又转到菜市场,花一百元钱买了一只鳖。

我拎着桶回家,秀珍奇怪地看着我,你不吃饭,跑去买只桶做什么?

我笑眯眯地说,给超市的领导送礼。

你别骗我了,哪有送塑料桶的?

大囡也走到桶边,大叫道,妈妈,爸爸买了只乌龟。

大囡,这可不是乌龟,这叫鳖。爸爸要用这只鳖给妈妈换个工作。

说着,我便从屋里翻出把小刀子,然后蹲在地上,沿着塑料桶的内壁划出一圈又一圈的划痕。划好后,我用塑料打火机的外壳小心地将划痕磨平,再用干布用力地打磨。打磨好了,我微微向后靠着身子端详,不错,这一弄,划痕基本已经看不出来了。

秀珍在旁边看戏一样地看着我,满脸狐疑,你这到底在搞什么名堂啊?

我笑嘻嘻地说,不是告诉你了吗,给超市领导送礼啊。

就送这只鳖吗?

是啊。

秀珍没再搭话,我想,她肯定认为我脑子里的哪根筋搭错了。

吃过午饭,我又给朋友阿良打了个电话。阿良是我以前做漆匠时的搭档，现在，他在城里骑三轮车，我让他晚上把三轮车借我用一下。阿良问我几点用，我说九点，阿良说没问题。

等到晚上八点半，我就出了门。出门时，正好落下些细雨。我心里暗自高兴，真是天助我也。我赶到东门庵堂的门口，不到一根烟的工夫，阿良骑着车来了。我赶紧给他拔烟。

没耽误你拉活儿吧？

没有。

我们站在一起抽烟。阿良问我，对了，如果有空余的三轮车，你要不要？

当然要啊。

那行，那我有数了。

阿良走了，我便骑着三轮车往那个超市赶。我将三轮车停在门口，等着。大概九点半的时候，我看见那个年轻的店长从里头走了出来，还没等我招呼他，他先冲我招手，他要坐三轮车。我赶紧骑着车迎上去。

他的家离超市不远，十几分钟就到了。我暗自庆幸，这要不是下雨，也许他就不会坐我的三轮车了。到了地方，他掏出五元钱递给我，我推掉了，笑眯眯地说，我不要钱。他疑惑地看着我，你为什么不要钱？我说，我不但不要你的钱，我还要送你东西。听了我的话，这个长得像歌星的店长有些莫名其妙，甚至还有些慌张。

你等会儿啊。我起身将三轮车的人造革坐垫打开，从里面提出一个桶。我笑眯眯地把桶放到他面前。

我老婆今天去你那里应聘了。

听了我话,那个店长才恍然大悟。他弯腰瞟了瞟我手中的那个桶,刚才还有些惊慌的神情突然变得不屑了起来。

什么意思,送我个鳖吗?

我明白他的心思,一只鳖,他显然是看不上的。

你不要小看了这只鳖,这可不是普通的鳖。

鳖就是鳖,还有什么普通不普通的吗?

店长啊,我告诉你,这可是我们那里的野山鳖,很名贵的,要是以前,这鳖可都是进贡给皇帝的。现在,这种鳖已经快绝种了,一年也捉不到几只,市场上根本就见不到。

那个人就弯下身子看,我还真看不出这玩意还是什么贡品,你不是哄我吧?

怎么可能呢?我的老婆想去超市上班,我还哄你,我脑子进水了啊?你看看,我这个塑料桶,内壁光滑吧?这样的桶,普通的鳖是爬不出去的,但这个野山鳖就不一样,它能从里面爬出来。

店长的兴趣被我给调起来了,那你赶紧让它爬一下。

我从口袋里掏出一个装着鱼肠子的塑料袋,将鱼肠子拎在手里,悬在那只鳖的头顶,晃荡几下,很快,那鳖便闻到了味道,探头去咬。这时,我又将那鱼肠子往旁移,诱着它爬到桶壁旁,再将鱼肠子慢慢拉高。这鳖见肠子往上走了,便将前掌架在桶壁上,滑了两下,适应了,在鱼肠子的引诱下,竟然沿着几乎垂直的内壁往上爬。快到桶口的时候,我赶紧将桶抖了抖,把鳖抖落回去。

店长看得意犹未尽,这样的鳖我还真是第一次看到。

这可是花了大本钿才搞到的。你看这只鳖还是雄的,你吃了,效果不要太好。

你又乱说,鳖还有雌雄。

当然有,你看它的尾巴,这样长的就是雄的,短了,就是雌的了。你这样的年纪,吃雄鳖最好,龙精虎猛。

店长又看了看桶里的鳖,那行,那我就收下了。

那我老婆的事?

让她等通知吧。

说完,店长就要拎桶进门。我赶紧拦住他,对了,店长,你家有浴缸吗?

有啊。

那最好了,你把桶提进去,把鳖倒在浴缸里。这种野山鳖最是娇贵,放在桶里,空间狭窄,过一夜就死了,死了就不能吃了。这桶我拿回去,反正留在你那里也没用。

店长将信将疑地看了我一眼,你的名堂还真多。

我笑了笑,不是我名堂多,是这鳖的名堂多。

2

阿良给我打电话,叫我一起吃中饭。他说,三轮车的事已经帮我弄好了。我赶到饭馆,看见阿良已经在那里了。我问他,哪里来的车啊？

阿良说，我的。

我一愣，你不骑了？

不骑了，也没什么大意思，讨饭生活。我认识了一个人，在兰州开家具厂，我去给他干漆活儿去，工资还挺高。

我说，是啊，我也听人说兰州那边开家具厂很赚钱。

阿良说，赚钱也是老板赚，我就赚点工资。

我说，那也好的。我敬了他一杯酒，以后发财了，别忘了我。他就笑，发个屁财，要不你也跟我一起去兰州。我苦笑了一声，我怎么走得出，还有秀珍和两个孩子呢。

就着酒，说了会儿闲话，阿良告诉我，这三轮车分两种，一种是城区牌照的，一种是乡下牌照的。城区牌照的车子租金贵，也不容易租到。他这辆是乡下牌照的，一个月租金五百。明面上，这车和城区牌照的一样，租金还省些，可就是怕交警查，查到后，又扣车又罚款的，很麻烦。阿良让我小心些，看见交警就早些躲开，否则那些车钱还不够交罚款的。

阿良的车还剩半个月的租期，我掏出三百元钱给他，阿良死活不要。吃完饭，我抢着结账，阿良没再跟我争，走到门口长长地伸个懒腰，挥了挥手，就走了。

我骑着三轮车回家，大囡正在大门口玩，看见我，一脸惊讶。

爸爸，这三轮车是谁的？

是爸爸的，大囡喜欢吗？

大囡夸张地睁大眼睛，啊，你不会骗我吧？

爸爸怎么会骗你呢？快去把妈妈和二囡叫出来，爸爸带你们去兜兜风，好不好？

大囡赶紧跑到里头叫出了秀珍和二囡。秀珍抱着二囡，看着三轮车，也有些发傻。

你哪里弄来的车子？

是阿良的，他把车子让给我了。反正我白天那么空，正好骑着三轮车去赚点外快。

你那么早起来送报纸，白天又要去骑三轮车，受得了吗？

怎么会受不了？我上午回来补一觉，下午再去骑车。我跟你说，我这个年纪，力气是越用越多的，要是不用，骨头会生锈的。

秀珍还是担心，不过她也没有多说什么。她也明白，我只是为了多挣些钱而已。

我骑着三轮车，载着秀珍和大囡二囡，沿着桃源路一直往南走，绕过城南的溪边大道，又顺着中兴路、天寿路走一圈，一个下午，我几乎将城里的角角落落都骑了个遍。大囡和二囡坐在车里，吵吵闹闹的，显得很兴奋。我也兴奋，这一路骑下来，我丝毫不觉得累，反而觉着身上有着使不完的劲。

快到家的时候，我的手机响了，是一个陌生电话。我接了，一听，竟是那个超市的店长，他说秀珍的面试通过了，明天就可以去超市上班。我连声道谢。这好几天没有音讯，我还以为我那只鳖白送了呢。

店长说，对了，你上次送的那只鳖，好像效果不错，我老婆都夸我了。你什么时候再给我弄一只啊？

我连连答应，没问题没问题。

搁下电话，秀珍便问我是谁打来的。我没说话，用力叹口气，只是默不作声地骑车。秀珍见我不说话，便急了，发生什么事了，你告诉我啊。

我一脸肃穆，说，既然你听见了，我也不想瞒你，但你要答应我，听了以后，可千万不能激动。

秀珍的神情显得愈发急切。

你倒是赶紧说啊。

我调整了一下情绪，将声音压低，缓缓地说道，是这样，刚才有个人给我打电话，说让你明天去超市上班。

秀珍一愣，似乎没从我低沉的口气中缓过劲来，等她反应过来后，突然伸手在我大腿上用力拧了一把。我嗷的一声惨叫，说，让你别激动别激动，你还那么用力。大囡和二囡坐在旁边，咯咯地笑个不停，笑了一会儿，大囡还帮着她妈妈拧我。

但高兴了没一会儿，秀珍又开始发愁，我去超市上班，你去骑车，那两个孩子怎么办，谁带啊？

大囡这么大了，已经没事了。二囡嘛，我也打算过了，我们巷子口不是有个私人托儿所吗？我好像听他们说一个月两三百就够了。反正我们都有了工作，就贴点钱，把二囡寄在那里。

可二囡还这么小，怎么放心放人家那里？

那有什么？别人家的孩子不也放那里啊？再说了，眼下也是没办法，特殊情况特殊对待，等以后赚了钱，我就专门给二囡请个保姆，让她过过衣来伸手饭来张口的大小姐生活，好不好？

秀珍低头不语，我知道，她又在东想西想了。我便安慰她，你看那些外地女人，生那么多孩子，手上牵一个，怀里抱一个，背后的竹篓里还背一个，照样不是出门干活儿啊？别人能行，我们为什么不行？

秀珍看了我一眼，勉强笑笑，伸手将大囡搂在了怀里。

就这样，每天八点，秀珍便去超市上班。上班前，她会去菜场买好菜，切洗干净，一盘盘整整齐齐地放好。这样，等我起床时，就不会因为做饭而手忙脚乱了。然后，她会自己做好早饭，吃了，再把二囡送到弄堂口的那个托儿所。做好这一切，这一天，她就不回来了，直到晚上九点，超市下了班，我才能见到她。有一阵子，我很不喜欢这样的感觉，似乎她才是在外打拼的人，而我，更像一个无所事事的小白脸。不过，时间久了，也就习惯了。我还会觉得以前的想法很奇怪，像我这样的人，还有什么脸皮坚持不让自己的老婆出门上班呢？

早上这一觉，我一般会睡到十点左右才起来。醒来后，我就开始做饭，做饭不费事，将米淘洗干净，放入电饭煲，然后，再将秀珍准备好的菜在锅里翻炒，熟了，和大囡一起吃。吃完，我会去托儿所看看二囡。我从来不进去，就躲在门外看。我怕二囡看见我，会不让走，我更担心自己会心软，软得走不动路。

回到家，我灌上满满一大塑料杯的茶水，然后骑着三轮车出门。

大囡就待在家里,她是个好孩子,给她一张白纸,一支铅笔,她能一个人涂涂画画待上一天。

三轮车生意并不像我想象得那么好做。刚开始那阵,的确不错。那时,天气还凉爽,正是三轮车的旺季。平均每天都能拉上一百多。人们喜欢坐在车上,吹着习习的凉风,看着三轮车夫吭哧吭哧地踏着脚镫子。但这样的好景并不长远,今年的天气很怪,过了立夏,天气突然就发了疯,热得迅猛,似乎昨天还穿着春装,一夜过后,便是汗衫短裤了。天气热了,大家就不喜欢坐三轮车,而喜欢坐出租车了。出租车有空调,受不着冷热。

没有生意,我就着急了起来,早上,我也睡得少了,我希望能在街上多转会儿。我会将饭菜提前烧好,让大囡中午时自己吃。到了中午,我也不回家,路边买上两张麦饼,找个阴凉的地方,将大饼就着茶水吃。我得节省时间,我不能让自己停下来。说实话,要是骑车的中途回到家里,那股舒服劲会让我不愿意再跑出来。有一天中午,我回去过。我实在是觉得累,便在床上躺了一会儿。大囡坐在我旁边,拿着笔给我画像。我就那样躺着,几次,我都想着要出去骑车,可是,每当要起来时,我都会劝自己再躺一会儿,再躺一会儿,我就更有力气了。再躺一会儿,大囡就可以画好了。结果,我就睡着了,再也没有出去。我并没有我想象的那么坚强,我不能给自己偷懒的机会。

天气一天比一天热,柏油路上热浪滚滚,那热浪似乎眼睛都能看得见。出门没一会儿,身上便会笼上薄薄的一层盐。我带去的好几升的水，没多少工夫，就会被我喝光。有时，我甚至疑心我的身体有个洞，那些水都从洞里头漏出去了。

断了水，我就骑车绕到东门庵堂去，那里有几个好心的老师太，每天都冒着酷热用锅炉烧水，免费供应给需要的人。去得多了，她们都认识我了，每次我去时，总会笑眯眯地说，别急，太热了，多坐会儿。可我哪有心思坐，我心里就像着了火一样。这热浪时时刻刻在提醒我，夏天正在一天天地过去，我已经没有太多时间了，我得赶在学校招生前把大囡的八千元赞助费给挣出来。我算过账了，时间还剩下两个月，这两个月，我大概能从报纸的发行站拿到三千元左右，奶站拿到一千元左右，秀珍嘛，大概也有四千多元，刨去吃饭租房的花销，应该还能剩下四千多元。还有四千元，就要从这辆三轮车里出了。可眼下的生意，两个月要挣出四千元钱，我真的一点把握都没有。既然挣不来，那就得省了，首先便是香烟。

原本每次吃完饭，我都会坐在门口，点上一根烟，慢慢地吞吐着，这算是我一天中最享受的时光了。我抽烟的时候，大囡喜欢坐在旁边，看着我的眼眉在飘散的白色烟雾中慢慢舒展开来，她看上去比我还要满足。大囡总问我，爸爸，你为什么要抽烟，抽烟是什么感觉啊？我说，爸爸抽烟时就像神仙一样地快活。大囡就呵呵地笑，问我神仙一样的快活是怎么样的？我回答不上来，就伸手赶她，大囡，你不要靠得这么近，爸爸在抽烟，小孩子不能闻。于是，大囡便跑得远一点，依旧认真地蹲着看我抽烟。

我下决心把烟戒了，我得省钱。我想把烟盒里剩下的最后几根烟扔了，又舍不得，最后，我把它拿到了厕所，闻了闻，然后恋恋不舍地将它放在了放纸巾的那个鞋盒子里。

这天，做晚饭时，大囡突然问我，爸爸，你为什么不抽烟了？我一愣，觉得心里微微有些难过。我摸了摸大囡的头，说，爸爸现在不喜欢抽烟了。抽烟一点都不好，太苦了。

大囡扑闪着眼睛，爸爸，可你以前不是说，抽烟就像神仙一样吗？

我一愣，不知如何回答，正好发现酱油没了，便让大囡去打酱油，这才算化解了尴尬。大囡出去了一会儿，回来时，眼睛却是红的，肩膀一抖一抖，在抽泣。

怎么了，大囡？

大囡眨了眨眼睛，眼泪就哗啦啦地流了出来。我赶紧伸手给她擦眼泪，说，大囡别哭，快跟爸爸说说怎么回事？大囡说，她去买酱油时，看见地上掉着半包香烟，就捡了起来。结果被别人看见，将香烟抢过去不说，还骂她偷香烟，是贼胚子。

爸爸，我没有偷他的香烟，我真是地上捡的。

看着大囡，我很难过。我相信她没有偷人家的香烟，我也知道，她为什么会去捡那半包香烟。我将手里的菜放下，又擦了擦她的眼泪，爸爸明白，那烟是你捡的，你怎么会偷东西呢？爸爸相信你，没事，啊，不哭。

就这样，我哄了大囡一阵，等她不哭的时候，我突然像想起了什么事情。

哎呀，你看看爸爸这脑子，家里醋也用完了，还得再去买瓶醋呢。

大囡说，爸爸，我帮你去买吧。

我说，不用不用，你留在家里把二囡看好，爸爸一会儿就回来。

说完，我就匆匆地出了门。一走出大门，我的脑袋便开始嗡嗡作响，我觉得浑身的热血都在往脑袋里冲。我风一样地冲到街口那个小店。站在门口，我看见一群人正在里面打麻将，乱哄哄的。

刚才是谁骂我女儿是贼胚子？

我站在门口问了一句，但里面太吵闹，根本没人注意到我说的话。于是，我又站在那里大吼了一声，刚才他妈的是谁骂我的女儿是贼胚子？

这时，房间里的人都注意到了我，纷纷扭头来看。小店的那个老板看见情况不对，赶紧走过来，讨好地拍了拍我的肩膀。

都是误会，没有恶意的，算了算了。

我一把推开了他，没什么误会。刚才是谁骂的我女儿，给我站出来。

这时，终于有个有着一头稀疏油发的中年男人在一旁站了出来，他显得有些紧张，身体微微哆嗦着，似乎被我给吓到了。我冲过去，一把揪住他的衣领子，是你骂的吗？是你他妈的骂的吗？你骂一个孩子算什么本事，你有本事骂我试试看，来，你骂啊！

我拽着他的衣领，使劲往他身上靠，似乎要将他从地上提溜起来。一时之间，他被我吓坏了，一语不发，身体也抖动得愈发厉害了。这时，旁边的人看见我要动手，都纷纷上前来拉，算了算了，他也不是有意的。你也真是，一个大男人，骂人家孩子干吗？

虽然许多人劝，但我不打算放过他。如果今天是我被人欺负了，我可能不会计较，但她们不行，不管是大囡、二囡，还是秀珍，只要有人敢欺负她，我就要跟他拼命。我拨开劝架的人，再次将这个人的衣领拉了过来。

就在这个时候，我看见了大囡。她抱着二囡，正站在门口，眼神惊慌地看着我。我心里一紧，赶紧将手松开。我扭头恶狠狠地瞪了那个人一眼，然后笑着朝大囡走过去。走到门口，我摸了摸大囡的脑袋，没事的，别怕。随后我俯下身子，将大囡和二囡一手一个，抱起来往家里走。走着走着，我感到喉咙口一阵一阵地堵，接着，眼睛就开始模糊了起来。

我将头用力仰了仰，我可不能让孩子看到我在流泪。

3

七月底的时候，来了场台风。台风过后，天气阴凉许多。天气好了，生意总算短暂地见好。趁着这几天好天气，我日夜连班，几乎就没停过，我想抓住开学前的最后日子，把那笔赞助费给赚出来。

这一天早上，生意尤其好，上下的客人几乎就没断过。正当我骑到桃源桥，放下一个客人，新客人刚要上时，一辆空三轮飞快地从我旁边骑过，骑车人边骑还边冲我喊，别上客了，交警来了。我扭头一看，只见不远处警灯闪烁，赶紧跟顾客说声对不起，掉头就跑。跑了一阵，我扭头看，只见那警灯始终尾随不掉，心中有些焦急，正好这时路边有个弄堂，我赶紧打个方向，往弄堂里拐了进去。刚拐进弄堂没一会儿，一辆自行车斜刺里穿出，和我的三轮车重重地撞在了一起，骑车人夸张地惨叫一声，坐在地上，自行车则顾自绕个圈，撞在了墙上，优雅倒下。我赶紧下车去扶他，他不愿起身，只是骂人，你骑那么快干什么？你的投胎指标要过期了啊？我一个劲地赔不是，再次伸手去搀他，他依然伸手拒绝。你别碰我啊，我现在浑身都疼，肯定是骨头断了，起码断了十几根，我知道的。我一阵苦笑，眼前的这个人不好对付，早知道这样，我还不如被交警抓到。

还是先起来吧，坐在地上也解决不了事情，又脏。

他揉着自己的腿，没理我。

我想了想，要不，你咬咬牙，先起来，我送你去医院检查一下，好不好？

他坐在地上用眼睛瞪我，你什么意思，你以为我是装的吗？

我慌乱地摆手，我没有那个意思，总是要解决事情的。

你不用跟我装好人。算了算了，算我倒霉，碰到你这么个骑破三轮的。这样吧，医院就不去了，我讨厌那股药水味，你掏些医药费吧。

我胆战心惊地问道，大概要多少？

他伸出一只手，将五指晃了晃。

就拿五百吧。

我脑袋嗡了一下，下意识摸了摸口袋，我知道，那里面还有四十五元，一张十元的，六张五元的，还有一些硬币。十元是秀珍给我的饭钱，剩下的，都是早上拉客拉的。

能不能便宜一点？这么多，我赔不起的。

少一分也不行，我知道你们这帮骑三轮车的最有钱，别哭穷。

我将口袋里的钱掏出来，无奈道，我现在身上只有这么多了，没骗你。要不，你等等我，我回去拿。

那个人没接钱，冷笑一声，然后拿起手机拨了个电话。很快，那条小路里又跑出两个男人，一个是中年人，秃头；还有一个是后生，穿着黑色的紧身上衣，一脸凶相。后生一把揪住了我的衣领。

你撞了人就想跑啊？

没有，没有，我没想跑，可我身上钱不够。

两人对视一眼，那你去拿钱，把车押在这里。

那我怎么回家呢？

光头用手指着我，眼睛瞪得牛卵子一样。

你怎么回家，跟我有关系吗？

我心里叹口气，唉，算了算了，总归是我撞了人，有什么办法呢？我小跑着回家，取了存折，在附近的银行取出五百元钱，然后又小跑着回到那条弄堂。此时，躺在地上的那个人已经站起来了，正和旁边的几个人在抽烟，他看上去已经安然无恙了。我将钱递给他，他当着我的面，将钱数了一遍，就在这时，我发现我的三轮车不见了。

我的车呢？

那个穿紧身上衣的后生幸灾乐祸地说，哦，刚才有两个交警过来，说你的车是黑车，给拖走了。

你们怎么能这样，我都去给你们拿钱了，怎么能让他们把我的车拖走？

你跟我们急什么？是警察要拖的，我们有什么办法？

我的耳朵嗡嗡地响，伸手就去抢我的五百元钱。那个点钱的人见我扑过来，赶紧往旁边一闪身，紧接着，那个秃头从身后一把抱住我，穿紧身衣的后生则用力踢我的后膝盖，我腿一软，跌倒在地。两个人将我按在地上，没头没脑一阵拳脚，随后便飞快地跑掉了。

我在地上坐了一会儿，觉得脑袋很晕，一阵阵犯恶心。我休息了一会儿，扶着旁边一个贴满小广告的电线杆站起来。我一瘸一拐地赶到交警队，四处打听，最后终于在一个皮肤黝黑的交警嘴里得知了我那辆三轮车的下落。

你还挺狡猾，看见我们在查车，你就将车扔掉了对不对？

我没有扔车，我就是停在那里，别人没帮我看住。

你不要解释，我这里只认事实，不听故事。我问你，你知不知道你这个车是不能在城里营运的啊？

我真不知道，我今天是第一次，交警同志，你就给我个改正的机会吧。

你还跟我讲故事？你以为来我们这里编个故事，就能把我们蒙混过去了？你的车是租的吧，要不要我们再跟车主联系一下啊？

我一听，赶紧摆手，不用不用，这个事我一个就行，千万别麻烦别人。

交警扔下手中的笔，对你这样的人，我们都是教育为主，主要看你们的态度怎么样。如果态度好，那我们就会从轻处理；如果不老实，我们就要重罚。

我一个劲地点头，说我明白的，明白的，下次肯定不会了。

行了，你交三百元罚款吧。

又要钱，我的心一阵凉。

怎么了？不想交啊？

不是不是，我钱不够，我现在就去取。

警察便低下头，不再理我。我转身跑出交警队，再次赶到银行取出三百元钱，回来交给警察。警察接了钱，白了我一眼。

别装穷，我还不知道你们这些骑黑三轮的啊？这么点钱，你用不了一天就赚回来了。

我苦笑着，为什么他们都觉得我的钱好挣啊？

警察给我开了张单子，让我签字。我拿着笔，在单子上签了自己的名字。

警察同志，我的车子放在哪里啊？

干吗？

我讨好地说，我好拿着单子去取车啊。

取车？我给你开的单子，你没看仔细啊？上面写得清清楚楚，罚款三百，车子扣留半个月。

我愣住了，刚才只顾签字，根本就没看单子上的内容。

我都交罚款了，怎么还要扣车子啊？

当然要扣车了，你以为我们就为罚你那点钱啊？钱是小事，最重要的是给你个教训。

警察将身子转过去，不再理我。我看了他一眼，心里叹口气。我没再说话，我还能说什么呢？

吃饭的时候，大囡一直盯着我的脸看，我都被她看得有些发毛了。

怎么了大囡，干吗这么看爸爸？

大囡指了指我的脸。我下意识地用手一摸，哎哟，真疼。那几个人下手真重，现在我的脸肯定肿了。

我故作轻松地笑笑，咦，这可真是奇怪了，我的脸怎么就胖了？

大囡看着我，似乎是等着我的答案。

哦，对了，我想到了。是天气，肯定是天气的缘故。这叫热胀冷缩，天气冷的时候，脸就变小了，天气热了，脸就会变大。

大囡还是不说话，只盯着我的脸看。我心里叹口气，大囡已经是个大孩子了，她怎么会相信我的鬼话呢？

我将大囡放在地上，好了，爸爸现在要去上个厕所。我转身往厕所走，突然听见大囡在我身后问，爸爸，你是不是跟别人打架了？

我赶紧说，瞎说，爸爸怎么可能跟别人打架呢？

我飞快地走进厕所，一转身，靠在门后，眼泪就流了下来。我慢慢移动身子，坐到马桶上，觉得累，累极了，就像被抽了骨头，抓了筋一般。我捧着自己的头，沉重无比。我突然很想抽烟。可这会儿哪有烟呢？我用力地抓了抓自己的头发，突然灵机一动，戒烟时，我不是把剩下的半包烟都藏在鞋盒子里了吗？我像找救命稻草一样地去翻鞋盒子，阿弥陀佛，烟还在，我赶紧掏出一根塞在嘴里，点上，狠狠地吸了一口。可能是在鞋盒里搁了太久，香烟已经发霉了，一股怪味直冲脑门。我猛咳起来，泪流不止。不知是不是咳嗽得太过凶猛了，我的眼前冒出金星来。

我坐在马桶上，借着这根发霉的香烟，回顾了自己的这一天。原本指望着天气好，能多拉几个人，可到头来，钱没了，车也没了。其实，我不心疼钱，我撞了人，我应该赔钱；我骑黑车，我应该挨罚。可他们不应该在这个时候拿走我的钱，应该等大囡交了赞助费以后。到了那时，即便多给一些我也愿意。可谁又会跟我讲这个道理呢？

烟雾升腾，我坐在马桶上有些晕眩地看着那些蜿蜒的白烟，在黑暗中慢慢纠缠，穿梭。

4

5000元，5300元，5325元，6075元。

我将钱又仔细地数了一遍。今天是秀珍发工资的日子，等她晚上把2200元工资拿回来，大囡的赞助费总算是凑齐了。为了凑这点钱，我特意回了趟乡下，拜见了我那些许久未见面的亲戚。虽说不情愿，但总还是碍于亲戚的面子，东拼西凑地各自拿出些钱，给我凑了2000元。我不知道他们拿钱的时候，脸上是什么表情，因为那一刻，我几乎没有力气抬头。

大囡趴在旁边，看着钱，笑眯眯的。孩子很聪明，她知道这个钱跟她上学有关。我摸摸大囡的头，说，大囡，爸爸明天再给你买个新书包，这样，你就可以背着新书包，去新学堂了。大囡听了，高兴地点头。

晚上，大囡一直没睡，她和我无聊而又快乐地将钱一张张在床上铺起来。我们在等秀珍，等她回来，把她的钱也铺在里头。

九点多些，秀珍终于回家了。她看着大囡，有些惊讶，你怎么还不睡？

大囡说，我和爸爸在等你呢。

秀珍看了她一眼，叹口气，从口袋里拿出钱，递给我。我赶紧接过来，一数，却只有2000元。

不是说2200元吗？

别提了，超市里出了个新规定，以后每个月发工资，店里快过期的货物，就做半价发给我们，算作员工福利，一次200元。

这时，我才发现秀珍手里拎了一个很大的白色塑料袋。我将塑料袋子里的零食也倒在床上。我看了看包装上的日期，故作高兴地说，还有一个月呢，可以吃很久。

秀珍显得情绪不高，她显然还在为那被迫花掉的200元感到心疼。我安慰她，孩子们平时也不吃零食，我们也舍不得买，这样正好。平时想买这么便宜的东西还没地方买呢。

秀珍说，给学校的钱呢，够吗？

够了，刚刚好。

秀珍还是有些发愁，这一交了学费，就一点剩不下了。这个月的开销可怎么办啊？

没事，明天我不是要到交警队取车吗？取了车，街上转一圈，不就又有钱了？

秀珍叹了口气，也没再多说什么。

第二天一早，我便赶着去大囡的学校交了赞助费。从学校出来，又赶到交警队。我再次找到那个皮肤黝黑的交警，将那张单子递给他。

你好，我来领车。

他斜了我一眼，拿出一张单子，写了些什么，递给我。

你先把停车费交一下。

停车费？我愣住了，什么停车费？

三轮车的停车费啊，你把车停在我们这里，占了停车场位置，我们还要帮你看好，不要交停车费啊？

可我上次已经交过罚款了啊？

罚款是罚款，停车费是停车费，你别捣糨糊。

我有些无奈地接过单子来，看了一眼，我却忍不住笑了起来。眼前这个黑黝黝的警察被我笑得有些莫名其妙，他似乎疑心自己脸上长了花，还下意识地摸了摸自己的脸。

你怎么回事啊？

我看着他的动作，就觉得更好笑了。我朝他摇了摇手中的单子，用力绷住脸往外头走。站在门口，我终于止住了笑，我将单子拿在手中重新看了一遍。单子上写着，停车费一天五元，十五天，刚好七十五元。这真是奇妙的事情，似乎那些交警算过了我口袋里有多少钱似的。

我没交停车费，我将那张单子撕了，用力地向前扔去，破碎的纸片便在空气中一阵跌跌撞撞地飞舞。

离开交警队，我赶到新华书店花五十元买了个书包，然后又用剩下的二十五元钱给大囡买了文具盒和铅笔。回到家，大囡看见我给她买的书包和文具，预料中的高兴，她将书包背在肩膀上，就再也不肯取下来。

晚上，直到半夜，我都没睡着。我看着天花板，总感觉哪里出了问题。就在不久前，一切都是那么地顺利。我还跟秀珍说，我们现在都赶上城里的双职工了。可那话似乎还在耳边，日子突然就变得这样窘迫。我也没偷懒啊，我每天都在努力，事实上，我也的确是赚到了比以前更多的钱。可钱呢？现在除了我长裤口袋里的几个硬币以外，我还有什么呢？这一切，只是因为大囡的那笔赞助费吗？似乎是，似乎也不是，我想不明白。

我忽然对以后的生活有些绝望，因为我几乎已经看到了自己所能做到的极致。很少有人像我这样起早贪黑吧？我也想多睡，我也想偷懒，可我还是像牛一样，用鞭子抽着自己往前走。可这样辛苦，又怎么样呢？到头来，还不是过得一塌糊涂。如果我这样辛苦，只是为了换这样的生活,我凭什么要赔着笑脸给别人买生煎包子,凭什么背着老婆去给人家干私活,我还要提防着警察来罚款,坏人来敲竹杠,我这是在做什么?

我想不明白,盯着天花板,觉得眼前越来越黑,越来越虚无。而我躺在床上,也越来越小,越来越小,最后小成了一个黑点,连颗尘埃都不如。

我看了看时间,还只有两点,可我躺不住了。我小心地从床上爬起来,推着自行车,出了门。

我骑着车,穿过弄堂,穿过马路。和刚来城里那会相比,我现在对这个城市的街道是多么地熟悉,就算闭着眼睛都不会走错路。从这点来讲,我似乎比城里人还要城里人。我就这样骑着车,在街道上转了一圈又一圈,毫无目的地消耗着自己的体力。我也不知道骑了多久,最后一直骑到东门口,我终于骑不动了。我停下车,抬头,眼前正是东门庵堂。此刻,庵堂的大门紧锁,黑漆漆一片。我站在门口,很想推门进去,我想看看菩萨,我想问问她,我到底应该怎么办。可门锁着,似乎菩萨也不愿见我。

我坐在了庵堂的门槛上,抱着自己的膝盖,忽然觉得委屈。我开始哭泣起来,这一哭,便收不住,越哭越伤心,越哭越大声,甚至这哭声都震疼了我自己的耳膜。有走夜路的人从我身边经过,看见我,像是受了惊吓,打量着绕一个圈子,小心翼翼地走过去。

哭完了,我就坐在庵堂门口发愣,我觉得心里空荡荡的,空得难受。我突然回想起了一些从前的时光,那时,一到夏天,我就会一个人往海塘边跑。那时，海塘边总会拴着一两艘小木船。我在口袋里装满蚕豆、南瓜子，爬上小船。我脱光了，跳到浑浊的海水里扑腾，扑腾累了，我就躺在船上吃蚕豆，嗑瓜子。我是那样的无心无事，任由太阳晒得自己脱皮。那个海塘总是空无一人，似乎偌大的一片天地，都是属于我一个人的。我躺在船上，眯着眼睛，听着海水涨起来，船轻轻地晃荡，耳朵边满是海水拍打船沿的声音。

　　我有些伤感，我已经好久没有想起这些事情了。那样的时光，仿佛就在眼前。那时，躺在甲板上，我总会迷迷糊糊地幻想以后会怎样，我会娶什么样的女人，做什么样的工作，而我，会成为怎样的一个人。我想，那时我所幻想的将来，肯定不是现在这个样子。如果年少的我能和现在的我相遇的话，他一定会失望透顶。

第 六 章

1

夕阳落在寺庙金黄色的屋顶上，铺陈出一种陈旧安详的光泽。这光泽看上去是如此温和、亲切。那时，每年秋天，都有许多台州黄岩来的割稻客人打着背包，戴着草帽，到我们村里来割稻子。那时，我还在世的父亲便和这些来自台州黄岩的割稻客一起，握着镰刀，弓着身体，在稻田里收割成熟了的稻穗。烈日下，风吹过来，整片整片的稻田像海浪一样此起彼伏。而我，总喜欢坐在山坡的杨梅树上，远远地看着。虽然我心底里也热爱这壮阔的丰收场面，但我却从来没想过自己的将来也要固守在这样一片泥泞的稻田里。

此刻，阿宏叔就站在我身后，拿着剃刀给我刮头。刀片和发茬接触时，发出均匀粗糙并富有弹性的声音。阿宏叔示意我将头低下，他要刮脖颈后的发茬。我便低下头，看着大殿前鹅卵石铺就的道地。此时，天上的云迅速地流动，院子里的光影也便随之幻灭，构成各种奇特的图案。看着看着，我觉着自己似乎是掉进了那些图案里面。

顿时，没有了时间，也没有了空间，所有的一切都在飞速地流动，空气、声音、光，甚至人、房子，所有的东西都在飞快地掠过，只有我，坐在那里，一动不动。

我的嘴巴突然张开，一些声音便兀自从里面跑了出来。

南无萨怛他。苏伽多耶。阿啰诃帝。三藐三菩陀写。南无萨怛他。佛陀俱胝瑟尼钐。南无萨婆。勃陀勃地。萨跢鞞弊。南无萨多南。三藐三菩陀俱知喃。

我就这样一个字一个字地吐着。起初，我自己都不知道我在念什么，似乎很熟悉，又似乎很陌生。终于，我听明白了，我在念楞严咒。这是奇怪的事，虽然平常我也会时不时地翻翻那本楞严咒，并念上几句，可我却从来没有这样完整地背过一遍。没想到，此刻一开口，就像有另一张嘴巴长在我身上一样，我竟然从头到尾，一字不漏地将楞严咒背诵了下来。

我能感觉出阿宏叔的诧异，当我念出第一句时，他就听见了，他的手一抖，几乎将我的头皮割破。随后，他便停住了刮头的动作。一直等我念完，似乎又过了好一会儿，他才缓过神，重新拿起剃刀，将我的头剃完。

次日，吃过午饭，从外面叫来的水陆僧人便陆续赶到了寺里。大概两点钟左右，僧众们开始净坛。净坛其实就是清场，佛事中僧人们做的经忏是给神佛专用的，所以坛场里其他无关的东西，都要清理出去。

阿宏叔穿了一身崭新的袈裟，新袈裟将他的皮肤映衬得愈发白哲。其实，小时候，他便是个漂亮的人，一对眉目细长，带着些女相。他喜欢唱越剧，《桑园访妻》《五女拜寿》，大段大段的唱词，他都倒背如流。他唱越剧的时候，还喜欢伸个兰花指，很妩媚。其实，阿宏叔做和尚，是有着天生的优势的。就好比明星，对于那些信众来说，和尚其实就是明星。大家都喜欢漂亮的和尚，也愿意为漂亮的和尚花钱。

　　净过坛，又过了一晚，凌晨四点，叫醒的钟声敲响。我整理僧服，随着僧众们一起前往大殿。阿宏叔早就已经在大殿里了，他站在佛前，垂着眼角，冷冷地盯着每一个进入大殿的僧人。虽然阿宏叔之前提醒过我，这场佛事规模很大，可能和我以往参加过的佛事不同，但我还是缺乏足够的心理准备。从进入大殿的那一刻起，我便有些忐忑起来。大殿里黑压压地站着五十几名僧众，神情凝重。我从来没见过这么多的僧人站在一起，不知道是不是人多的缘故，大殿内生出一种嗡嗡的声音，盘旋不散。我站在那里，觉得浑身不自在。一瞬间，我的心里忽然生出了一种卑微感，似乎只有我，才是这大殿里最名不副实的一个。我扭头去看阿宏叔，我试图从他那里获得一些鼓励。我看阿宏叔时，他也正好看我，我迎着他的目光笑了笑，可让我失望的是，他却丝毫没理会我，冷冷地一瞥，又转到别处去了，就像我们从来不认识一样。

　　阿宏叔是这场佛事的维那。据说，以前大庙里有三个人的位置是最重要的，一个是住持方丈，一个是僧值，另一个便是维那。住持方丈自不必说，寺里最大的领导，统管所有事务。僧值和维那便是方丈的左膀右臂，其中僧值管的是僧人们的生活和言行规范，有点类似学校里的教导主任。而维那，则是总指挥，他的职权要远远大过僧值，无论是庙堂里的收取开支，还是佛事时的唱念做打，都由他一个人安排负责。当然，这是老规矩，现在的寺庙早没了那么许多讲究，就像阿宏叔，平日里是住持，佛事时，便又成了维那。

阿宏叔做维那是合适的，因为他嗓子好，形象好。佛事上，维那就相当于合唱团里的领唱，他单枪匹马地站在众多僧人对面，一开口，便要能定住场。佛堂上，如果僧众里有人荒腔走板，维那便会重重念上一句，这样，既能遮掩错句，又能提醒僧众集中注意力。一场佛事，维那做得好了，整个佛事便好了。就像一场演出，表演的人相貌好，嗓子好，香客便觉得这场佛事做得成功，钱也花得心甘情愿。

僧众们来齐了，十几个斋家便从大殿外走了进来。领头的斋家捧一个香炉，虔诚地跪在地上。虽然都是出过钱的斋家，但并非所有人都有捧香炉的资格，一般这样的场面，都由出钱最多的人领头捧香炉。在斋家旁边站着的那个人，则叫香丁。香丁都是这些场面上的老手，会引领着斋家如何礼拜，如何上香。

斋家进来了，大殿内又是一阵静默。几十个人挤在这大殿里，却是悄无声息。殿内像是装了某种消声器，太安静了，这安静古怪而又可怕。我站在一边，一种莫名而巨大的东西，突然迎面向我压了过来，让我几乎无法透过气来。我开始觉得冷，先是脚，然后是身体，最后是脑袋。我觉得自己像是被冻住了，一动也不能动。但很快，这种突如其来的冷又迅速离开了，我的身体又开始发热，从脚到头，都变得滚烫，热汗淋漓。我努力地调整着自己的呼吸，我渴望着有什么声音能将这安静打破，这逼仄的气氛让我几乎晕厥。

也不知道过了多久，终于，鼓声起了，一声接着一声，我仿佛能看见大殿里某种坚固的东西被这鼓声给敲碎，最后，从某个地方，有新鲜的空气漏进来，在殿内翻转，穿行。我忍不住抖动了一下身子，长长地松出一口气。我用宽大的袖子擦了擦额头上的汗，如同大病初愈一般，虚弱而又舒畅。

鼓声起了，很快便要诵念佛经了。我将双手合十，等待着庄严而又美妙的诵念开始。

停！就在这时，突然有人大喝了一声，就像在殿内凭空打了一个霹雳，嗡嗡地回响个不停。我惊吓般的抬头去看，原来是阿宏叔，是他叫的停。大殿内的人都不明白发生了什么事情，不知所措，眼巴巴地望着阿宏叔。阿宏叔紧锁眉头，伸手指着敲鼓的那个僧人。

你在做什么？

那个胖大的敲鼓僧人也被突如其来的状况给搞蒙了，举着鼓槌，半天说不出话来。

我问你，你爹是不是被牛角顶死的？

那个僧人茫然地摇了摇头。

那我问你，既然你爹不是被牛角顶死的，你这么拼命敲牛皮鼓做什么？

听到此处，大家才明白了阿宏叔的意思，原来他是嫌这敲鼓僧将鼓敲重了。

我跟你说了多少遍了，要你注意轻重注意轻重，可你怎么就教不会？为什么诵念前要敲鼓，那是用来定调的。你调子定不好，这一堂佛经叫我们怎么念？

敲鼓僧站在那里，不敢应答，握着鼓槌的手抖个不停，一张圆脸憋得通红。

重新来过。再敲不好，换人。

在阿宏叔的厉声斥责下，鼓声重新响起。这一次，敲鼓僧不敢分神，努力控制着鼓槌的轻重。终于，在鼓声中，阿宏叔开腔诵念，随后，僧众们的诵念也跟着起来。一时之间，大殿内的诵经声层层叠叠，此起彼伏。而我，站在人群中，却始终无法集中精力，紧张、迟钝，经念得也是频频出错。虽然，我的声音在众人的诵念中显得那样微不足道，但我还是担心会被阿宏叔听见，然后他会再次叫停，像对待那个敲鼓僧一样，毫不留情地将我从人群中提溜出来。我觉得有些恍惚，这心慌的感觉似乎有些熟悉，就像我在街上骑三轮车时，总是害怕那些交警会突然从某处冲出来，将我的钱和车全部给夺走。

我站在人群中，突然觉得毫无意义。我这是在做什么？为什么我要站在这里受这样的罪？我为什么来这里，不就因为我不喜欢外面的压力，想在寺庙里寻求片刻的安宁吗？每天，我都承受着各种压力，每天都赔着笑，小心翼翼，如履薄冰。我厌恶那一切，厌恶透了。可如果到了庙里也要承受这样的压力，我为什么要到这里来做空班，我去外面做别的事不也一样吗？

就在这一瞬间，我做了一个决定，我要回去了，这并不是个适合我待的地方。

早课后，我去禅房找阿宏叔，跟他说了自己的想法。阿宏叔耐心地听我讲完，他显得那么温和而谦卑，与之前佛堂上的那个人完全不同。

是不是觉得我太严厉了？

我摇了摇头。

我知道，或许你觉得我不讲人情。可是，你看看那些僧人，来自各处，形形色色，如果我没有威严，讲了人情，那佛事还怎么维持？要知道，做佛事的钱，都是斋家们布施的，你也看见了，他们就站在大殿上，你以为他们在做什么，他们是在监督，看他们的钱到底有没有白花，如果佛事做不好，我怎么向他们交代？

我低着头，缓慢地说，阿宏叔，其实这些道理我都明白。其实，我也不是为了这个，我说不清楚。唉，你不知道，我现在的生活过得一团糟。我有老婆，我还有两个孩子，我每天都想着让她们过得好一些。每天四点钟我就起来了，天还黑着，别人都在睡觉的时候，我就起来了。我每天都很辛苦地干活儿，我从来没让自己偷懒过，真的，我觉得我尽心尽力了。可是，我还是赚不到钱，我还是养不起她们。我说不清那种感觉，就像有一个大勺子，每次我有了一点钱，那个大勺子就会伸过来，像舀水一样，将我的一切都全部舀走。我不知道自己该怎么生活，我总觉得，唉，阿宏叔，做人太苦了。

阿宏叔没接我的话，温和地问了我一个问题，方泉，你知不知道楞严咒是怎么来的？

我一愣，摇了摇头。

那我就跟你讲一讲这楞严咒的来由。佛经里说，一日，阿难尊者去外地托钵行乞，结果被摩登伽女所诱惑，将近破戒。这时，佛陀知悉了此事，便让文殊菩萨前去，用一段神咒解救了阿难。而这一段神咒，便是楞严咒。在佛家咒语里面，楞严咒是最长的一段咒，也被称作咒中之王。楞严咒的难度，首先在于长，它有四百二十七句，两千六百二十字。楞严咒原本是梵语，现在的出家人，懂梵语的太少，因此，这两千六百多个毫无关联的字，就变得毫无逻辑性可言，只能靠硬背。其次，楞严咒的难，难在口舌。它很拗口，那些相似的发音要在口舌中不断地重复，它是一个惯性，一个字错了，整个惯性就倒掉了。所谓和尚怕楞严，道士怕普安。这个话不是说说的，是有来历的。十个和尚里，有九个都不会念楞严咒。方泉，你要相信我的话，你是能吃这碗饭的。我可以说，那些参加佛事的僧人，没有一个能比得上你。可是，你要真想吃这碗饭，还要吃得好，光将楞严咒念得漂亮，是远远不够的。你要学会忍耐，你要记住你手中捧着的不是普通的东西，而是金饭碗，这个饭碗里的饭不仅是你的，还是你老婆的你孩子的，你要用尽所有的力量，想一切办法，将这个饭碗捧住。

阿宏叔看了我一眼，继续说，当然，决定权在你手里，要走要留，你自己定。你现在心思乱了，或许只是太累的缘故，心思不定，就容易做出错误的判断。所以，我还是希望你不要急着走，再在寺里待上两天，如果到时你还要走，我半句话也不会说。

我想了想，没再说话。

整一天，我都没有去参加佛事。我躺在禅房里，昏昏沉沉地一直睡着。我也不知道自己睡了多久，我没有吃午饭，也没有吃晚饭，但我却丝毫不觉得饿。我睁开眼，外边天色早已漆黑。睡得太久，让我浑身不舒服。我挣扎着起来，在禅房里走动了一会儿，还是觉得不舒服，房间里的空气太闷。

我出了禅房，又出了寺庙，站在围墙外，吹了吹山风，我的身体终于缓慢地舒展起来。我用力伸了一个懒腰，就在这时，不知哪里传来了一阵诵念的声音，这声音显得那样地宏大、圣洁，并且明亮。我站在那里听了一阵，便忍不住朝着声音的方向走去。

我进了围墙，再走一阵，绕过偏殿，上一排石阶。刚走到一半，我便看见了一个被灯火照射得十分明亮的高台，高台前，是一张大供桌，桌上放着供果，焚着香烛。条案前，整齐地站着僧众和斋家，他们低垂着头颅，双手合十，虔诚无比。而此时在高台上坐着的，正是阿宏叔。他坐在高台上，身穿金光闪闪的袈裟，头戴五山帽，低垂着双目，手上结一个密印，口中诵着真言。

不知是不是天黑的缘故，在那一刻，我有些恍惚，我甚至疑心自己见到的不是阿宏叔，而是一尊真佛。

我没有再沿着石阶往上走，我站在原地，目不转睛地看着眼前的这一幕。看着看着，我的脑中不由重叠出了另一番景象，我仿佛看见坐在高台上的那个人，不再是阿宏叔，而是变成了自己。那些僧众和信徒，站在高台前，温和而赤诚，而我就那样面容安详地坐在高台上，身上笼着一层淡却辉煌的光芒。

就在这一瞬，我的心忽然就明亮了起来。

第七章

1

秀珍躺在床上，用右手枕着自己的头，一直盯着我看。看了好久，她伸出左手来，摸了摸我的头。

你怎么又将头剃光了？

我笑笑，剃光了方便些。去街口那个理发店，要花十几块。自己刮个光头，又省力，又省钱。

那能省几个钱？

倒也不完全是钱的事，你看街上的那些女人，打扮得那么妖艳，整天穿个短裙，你老倌我又这么英俊，你就不怕我被她们拐跑了啊？

我的笑话似乎丝毫没有引起秀珍的兴趣，她将身体侧回去，平躺着，沉默地盯着屋顶，似乎藏了心事。

我有些担心，问道，你怎么了？

我给你生个儿子吧。秀珍突然呢喃了一句。

我一愣，为什么突然说这个？

你不想要吗?

我努了努嘴,不知道该怎么回答,暗自揣测着秀珍说这话的用意。

你有了二囡,却还在这城里待着,不就是为了再生个儿子吗?方泉,你对我好,别的我也做不了,我就给你生个儿子吧。

那个,也不能那样说,你看大囡二囡现在在城里都住习惯了,我怕回去,她们不适应。

我解释道,秀珍看着我,笑了笑。

不管你怎么想,我是认真的,我要给你生个儿子。我怕我现在不生,以后老了,就生不出来了。

不知道为什么,听了秀珍的话,我觉得有些难过。我想说些什么,却又不知道该怎么说,我只是用力地抱紧了她。

2

早上,我骑着三轮车将大囡送到了学校,随后,我又将二囡送到了巷弄口的那个托儿所。将孩子们安排好以后,我就骑着三轮车去了红枫路的那个家具市场。我将做空班挣的钱,买了一张双人席梦思床垫。

我想过了,要想生儿子,就一定要改善一下目前的居住环境。生儿子,床很重要,我隐隐觉得,以前我们之所以生不出儿子,可能就是因为那张棕绷床的缘故。买好席梦思,我又买了一张有上下铺的架子床。这样，大囡睡上铺，二囡就睡下铺。两个孩子大了，不能总是跟着我和秀珍睡，她们应该有一张自己的床。再说了，两个孩子跟我们一起挤在床上，束手束脚的，我们还怎么生儿子？

下午，大囡放学回家后，看见房间里多了张架子床，兴奋不已，竟连书包都顾不得放，便在床上爬上爬下的。二囡坐在下铺，看见大囡从她的头顶一会儿上去，一会儿下来，也觉得好玩，手舞足蹈的。

我找来两块布，安在大囡和二囡的床前。我将帘子拉上，问大囡，大囡，你看这样是不是就像一个小房间了？

大囡说，像的。

大囡现在上学了，是小姑娘了，也应该有自己的一个小房间了。

大囡听了，就搂住我的脖子，用力亲了一口。

秀珍从超市上夜班回来，看见挤在房间角落里的架子床，也是一脸的惊愕。

你干吗又买个床，多挤啊？

我讨好地说，这不是准备生儿子嘛。

秀珍白了我一眼，别乱说，当心孩子听见。

都睡了，别怕。我拍了拍床垫，来，你躺到床上来。

秀珍又白了我一眼，低声说，我这刚回来。

我笑嘻嘻地说，你想到哪里去了？我就是让你躺一下。

你什么意思啊？装神弄鬼的。秀珍将信将疑地躺倒在床上。一躺下，她便像触电一般地坐了起来。她用手使劲按了按床面，怎么这么软？

哈，软吧，是我新买的席梦思。

秀珍听了我的话，又重新躺下。

舒服吗？

秀珍还没答话，大囡突然从帘子里探出头来，爸爸妈妈，你们是不是要给我生小弟弟啊？

我和秀珍都愣住了，尴尬地相互看了看，真是哭笑不得。

这天晚上，很晚秀珍还在床上翻来覆去的。我觉得奇怪，便问她，你怎么还不睡？

睡不着，这席梦思太软了。

我笑着说，你可真是受苦的命，这么好的床垫，你反倒不习惯了。

我从小到大都睡惯了棕绷床。这个床垫实在是太软，我心里不牢靠，身子像要往哪里陷进去一样。

没办法，秀珍睡不习惯，我只能想办法。我找来几块硬纸片，垫在席梦思上。秀珍躺在硬纸片上，长长地松出一口气，好了，这下可舒服多了。

从买回席梦思的这一天开始，为了早日生出儿子，我和秀珍几乎每天都会做那事。可生孩子这事，就像远房亲戚，你不想他，他可能就突然来了。你天天盼着他，他反倒不肯露面。眼看着秀珍一直怀不上，我便开始着急了，一着急，做的时候，便开始分神，竟然接连几天都没有成功，这让我很是沮丧。

秀珍也察觉出来了，她悄声问我，是不是最近太累了？

应该不会啊，一直都那样啊。

秀珍看着我，安慰道，别着急，怀孩子也不是一天两天的事。累了，就先歇几天，好饭不怕晚，慢慢来。

我沮丧地叹口气。秀珍说的是没错，好饭不怕晚。可再好的饭，老是放着吃不了，早晚也会馊了。

这天晚上，睡到两点多时，我突然醒了过来。醒来后，我发现秀珍竟没睡在旁边。我一阵心慌，随后我听见厕所里有响动，原来秀珍在厕所里，我放下了心。我平躺在床上，过了一会儿，我突然发现了一件怪事，听见厕所的响动后，我的身体居然起了反应。我很激动，我担心这种反应会稍纵即逝。我赶紧从床上爬起来，然后蹑手蹑脚地走到厕所门口。我站在门口，轻轻唤了几声秀珍的名字。秀珍开了门，刚要出来，我却将她又堵了回去。我冲着她意味深长地笑了笑，很快，秀珍也明白了我的意图。她有些羞涩，但还是顺从地进去了。

一进厕所，我便将门反锁了。厕所里的空间很狭小，我们两个在里面不时会碰到旁边搁着的东西。这房子的隔音不好，为了防止楼上的租客听见，也防止孩子听见，我们两个人拼命控制着自己的声音。这种控制和局促不仅没有让我们感到不适，反倒激发起了相互的情绪。我能感觉得出来，我很激动，秀珍也很激动。她紧紧地抱住我，就像在湍流中抱住一棵大树，我从未感觉过她的双臂是如此地有力。

结束时，我们两个人都累得不行了，我疲乏地坐在马桶盖上，而秀珍则坐在我的腿上，双臂无力地挂着我的脖子。我们两个都在大口地喘气，我们的身体贴在一起，就像海浪一样微微地起伏着。

我感觉这一次肯定能成功。以前怀大囡二囡时，我就是这种感觉。秀珍说道。

没关系的，你说过，好饭不怕晚，我不急。

秀珍将头垂在我的胸口，放心吧方泉，我一定会为你生个儿子的。

我们又在厕所里说了会儿话，然后蹑手蹑脚地出来，回到了床上。躺在床上，我觉着心里有一种好久没有过的满足感。我突然觉得人真是奇怪的动物，放着好好的席梦思床不用，反而要钻到脏兮兮的厕所里去做那个事。

一个月后，秀珍果然怀上了。当她拿着那张测孕纸出来时，我几乎不敢相信自己的眼睛，对照着说明书又反复看了几遍。秀珍在旁边笑，说你放心吧，不会错的，我知道。我抱起秀珍，忍不住在房间里转了几圈。将秀珍放下来后，我突然绷起了脸，哎呀，糟糕了。

秀珍一愣，怎么了？

我慢吞吞地说，秀珍，你说我们要在厕所里做这事怀上了孩子，那以后这个孩子生出来会不会也有厕所里的臭味啊？

秀珍愣了一下，当她很快反应了过来，她伸手在我胳膊上使劲拧了一下，低声骂道，你这张破嘴。

3

下班回来，秀珍带回来一张纸条。纸条上有一个电话号码，秀珍告诉我，这是她从同事那里问来的一个私人B超的电话。

这次是儿子是女儿一定要弄仔细了，我现在都四个月了，可以去医院照B超了。可是医院里又没有熟人，我是第三胎，万一被人知道了，就麻烦了。

秀珍考虑得比我细致，我赶紧按纸条上的号码拨了过去。响了四五声后，终于有人接了，是个男人的口音。

你这里是照B超的吗？

对方没回答，只问我这个号码是从哪里来的。我说是朋友介绍的。对方迟疑了一下，便问我什么时候去照。我说，我先跟我老婆确认一下再打给你。对方说，那等你定下来再说吧。这样，你先记个号码，到时你就打那个电话。我赶紧拿笔记了。

搁下电话，我的心里有些犯嘀咕。这个事好像有点怪怪的，搞得像电视里的特务接头一样。秀珍在旁问我，怎么样，对方怎么说？我说，倒也没说什么，只是让我定下时间再打他电话。你说这种私人照B超靠得住吗？秀珍苦笑一声，这不也是没办法吗，要再生女儿怎么办？我想了想，的确也是没有别的好办法。于是，我们两个商定，后天正好是秀珍轮休，后天去做B超。

就这样，又等了一天，我和秀珍便坐着中巴去了宁波。按照对方的指示，下了车，我就拨通了他给我的新号码。刚一拨通，电话就被对方给按掉了。隔了一会儿，又有一个新号码打了过来。

你往北走，走二百米，那里有个公共汽车站。你上115公交车，坐一站地，到中山公园下车。然后你就站在那里，不要动，也不要给我打电话，我会来找你的。说完，他又将电话搁掉了。

我在脑中将他说的步骤又过了一遍，生怕忘记了。怎么弄得这么复杂，不就是照个B超吗？我心里有些发慌，但我又不敢表现出来，我怕影响到秀珍的情绪。随后，我又带着秀珍，按照电话里那个男人的指示，去了公共汽车站。等到115来了，我们便上去，坐了一站，在中山公园下了车。

此时，站台上正站着四五个等车的人，有男有女，神态各异。我站在一边，不时偷眼打量身边的这些人，猜测着这些人当中会不会有那个打电话的人。等了一会儿，秀珍也着急了起来。秀珍问我，你是不是记错地方了，怎么还没人来？我安慰她，不会记错的，再等等，放心，一定会来。秀珍擦了擦额头上的汗，说自己有些累，我便扶着她在一旁的椅子上坐下。我站在秀珍旁边，不时地拿起手机看，生怕漏接了电话。随后，我又偷偷地打量站台上的人，我看着站台上的每个人都像，又谁都不像。正焦急的时候，电话响了，我像被电击一样，赶紧按下接听键。

你们到中山公园了吗？

早到了啊。

你穿什么衣服？

我穿的是一件灰色的衬衫。我又朝身上看了一下，补充了一句，带条纹的。

那旁边穿红衣服的是你老婆吗？

对的对的。

这时，手机那头的人又将电话挂了。不多时，一辆破旧的白色面包车飞快地开过来，吱的一声急刹车停在我们面前。随后，车门拉开，一个戴着墨镜的男人朝门外微微探出身子，用力招了一下手，赶紧上车！我马上拉着秀珍走过去。刚要上车，那个戴墨镜的男人又指了指我，你不要跟着，就她一个人。我和秀珍都有些发愣，站在那里，不知道该怎么办。那个男人催了一句，快点，这里不能停。突如其来的情况让我的脑子有些发蒙，此时，还是秀珍显得清醒些，那我跟他们走吧，你在这里等我。还没等我点头，秀珍便上了车。随后，车门合上，面包车迅速地离开。

我的脑子还是有点发蒙，我就站在马路边，眼睁睁地看着这辆白色的面包车开远。当它在路口消失的那一刹那，我如同被迎面泼了一盆冷水，一个激灵。呀，糟了，这辆面包车竟然连个牌照都没有。我的耳边嗡嗡作响，脑中不停地翻滚着电影里那些绑架人质的镜头。

完了完了，秀珍不会是被他们绑架了吧？这些人的套路怎么跟电影里的绑匪那么相像啊？可他们绑秀珍干吗，我们又不是有钱人？不对，我们出门时带的一千元现金都装在秀珍身上，如果他们看到这钱，会不会下黑手啊？

我站在明晃晃的日光下，拿拳头用力地砸自己的脑袋。

我怎么这么蠢？我就是头猪，我竟然把秀珍就这样随随便便地交给了一个陌生人，她还怀着孕呢。我这是在做什么，为了生个儿子，连自己老婆都不顾了吗？一瞬间，我几乎要崩溃，我靠在站台牌子上，腿肚子一阵一阵地发软，最后，坚持不住，就顺着站台牌子滑到了地上。旁边的乘客都被我吓到了，纷纷往旁边躲。我坐在地上，眼泪不停地从我眼眶流出来。

就这样，也不知道坐了多久，终于，逆光中现出了一个模糊的影像。走近了，竟是秀珍。我不敢相信，又揉了揉眼睛，的确是秀珍。我从地上一跃而起，用力抓住秀珍的胳膊，浑身上下打量着。

秀珍被我弄得有些害臊，你这是干吗？

你没事吧？

没事。

检查好了？

秀珍点了点头。就在这时，我察觉出秀珍的脸上好像带着丝笑意。难道？我激动得几乎不敢问出来，身体里的血瞬间都涌到了脑门。而秀珍，也知道了我要问什么，她微笑着用力点了点头。不知道是不是幸福来得太过猛烈，我一阵晕眩，身体晃动了几下，几乎跌倒在地。

秀珍告诉我，她上了那辆面包车，也是发慌，不知道对方要将她带到哪里去。最后，面包车开到了一个长着很多树的地方，停住。透过车窗，她看见那里还停着另外一辆车，也是辆面包车，比她坐的这辆要大些。那个戴墨镜的人告诉她，B超就是在那辆车上做的，如果检查出来是儿子，就付六百元；如果是女儿，付三百元就够了。

秀珍说，当时听了他的话，我也是半信半疑。我就问他，生儿生女不都是你们说了算吗，你这儿子的鉴定费比女儿的高一倍，那你们肯定会说是儿子啊。对方却说，这个不用担心，他们不会乱说，他们也不是就做我一单生意。我觉得他说的有道理，再说了，都到这里了，怎么好回去？我就上了另一辆车。

我说，那你有没有问他，他的 B 超照得准不准啊？

秀珍笑了笑，这有什么好问的，谁会说自己不准啊？不过，我倒是跟照 B 超的人说了，我说你帮帮忙，照仔细些，我已经第三胎了，不能再出意外。他说你只管放心，来这里的都不是第一胎。他还说，虽然他不敢说我肚子里的一定是儿子，但百分之八十的把握他还是有的。

听到这里，我长长地松了一口气。我懂这个百分之八十的意思，我记得以前念书时，老师叫我们四舍五入。这百分之八十，几乎就是百分之百了。

我摸了摸头上的汗，突然又想起了什么。

秀珍，给你做 B 超的人，是男的还是女的啊？

秀珍愣了一下，很快便明白了我的用意，她捂着嘴用力笑了起来。我问了，自己也觉得这问题滑稽，也跟着笑起来。我们两个越笑越起劲，把旁边的人都看傻了。但我管不了他们，我都想不起来自己有多长时间没有这么放肆地笑过了。

第八章

1

十一月底的时候,秀珍表姐的奶牛场倒闭了,人也跑了。我不知道她这次会去哪里,新疆或者其他什么地方,这都无关紧要。对于这个表姐,我早就不抱什么希望了。我只是觉得她跑路前应该跟我见一面,我不计较自己帮她干了多少私活,也不计较她还欠了我多少工钱,我只想问她一件事,我们是亲戚,为什么要骗人?为什么每个人都有的牛奶,她非要说成是给我一个人的福利?

表姐的奶牛场倒闭了,秀珍也就不再阻止我去别的牛奶公司应聘了。就这样,我又找了一家送奶公司。这家公司的应聘条件很简单,只要订出一百份奶,就能来上班。我找了原先的那些订户,想方设法订出去五十多份,然后,我又买了一个新水桶,买了一只鳖,总算将这份新工作搞定。

让人头疼的是三轮车。虽然天气一天天凉了,可三轮车的生意依然没有什么大的起色。不知从什么时候起,城里涌入了许多的外地人，他们骑着形形色色的三轮车，身上还有着用不完的力气。三轮车多了，生意差了，交警反而查得更严了。

　　但无论怎样不忿，车还得骑。秀珍，大囡，二囡，还有我那即将出生的儿子，都等着我去赚钱，等着我给他们更好的生活。原先，见到那些跟我抢客人的外地人，我会有些躲闪。可现在，只要是有生意，我就会像战斗英雄一样冲到最前面，用最殷勤的笑脸换来一笔生意，不管对方是要送货还是载人，只要有钱赚我都干。

　　现在，除了白天，几乎每个晚上我也要出去骑三轮车。大囡问我，爸爸，你不是说晚上不出去骑车的吗？是不是因为小弟弟要出生了，需要很多钱？我愣住了，孩子远比我想象中要懂事。我摸了摸大囡的头，说，爸爸挣钱养小弟弟，也要挣钱养你们，一样的。大囡又问，你不是已经有了我和二囡了，为什么一定要再生一个小弟弟呢？我又被问住了，想了好久才勉强答道，兄弟姐妹多了，家里就热闹了呀。而且，以后大了也好相互有个照应。大囡想了一想，似乎明白了，又似乎没明白。看着她的神情，我觉得自己有些羞愧，为了那个还没出生的儿子，我竟然可以忍心将两个幼小的孩子扔在家里。我不知道，当她们以后长大了，她们会不会记恨我这个狠心的父亲。

　　这天，五点前我就停了车，赶去超市接秀珍。现在，离预产期只剩一个礼拜多些，我可不能再让她上夜班了。我刚跟秀珍说这事的时候，她还有些不情愿，说这样不好，店长要说话的。我却坚持，又有什么关系，不就再送一只鳖吗？我儿子可是什么都换不来的宝贝疙瘩。

我用力蹬着脚托,载着秀珍往菜市场赶。我问秀珍想吃什么,秀珍却摇着头说没胃口。我劝她,你现在不是一个人,不为自己也得多吃些。正说着,秀珍忽然"啊"了一声。我一惊,赶紧将三轮车靠路边停了。

　　怎么了?

　　秀珍没应我的话,一脸惊慌地低头看座椅。顺着她的眼神,我看见红色的人造革座椅上湿漉漉的一摊。

　　你尿了?

　　秀珍一阵脸红,不是,是羊水。

　　羊水?羊水破了吗?

　　我也惊慌了起来,以前秀珍怀孕时,可从没出现过这样的情况。不会又出什么意外了吧?我赶紧拉着秀珍去医院。到了医院,医生给秀珍做过检查,说情况不算严重,但建议马上住院。秀珍说,家里还有孩子等着,明天再来行不行?医生答应了,叮嘱我要仔细些,有情况,要随时将秀珍送来。

　　我们回到家时,两个孩子已经饿得不行了。我赶紧烧饭给她们吃。吃完了,哄孩子睡下后,我和秀珍才算躺到了床上。躺在床上,我们两个人几乎一句话都没说,我知道,秀珍和我一样,也怀着心事。一整夜,她都牵住我的手不放。我能感受到她的手心在不停地出汗,湿漉漉的。后来,我也睡着了,迷迷糊糊的,好像还做了一个梦,我梦见我生了一个儿子,又白又胖。我抱着他坐在院子里,突然就有几个面目不清的人从外冲进来,抱走了他。我想去追,但那椅子却长出了手,像藤蔓一样将我箍紧,丝毫挣脱不得。

我用力睁开双眼。此刻,秀珍依旧拉着我的手,就像拉着一条缆绳。我躺在那里,看着模糊的天花板,试图缓和一下自己的心情。可这没有用,梦中的那种恐慌和焦虑依然像藤蔓一样死死缠绕着我,让我几乎透不过气来。

我犹豫了一阵,伸出手,小心地将秀珍的手从我手上剥离。我悄悄地下了床,躲进了厕所。

我坐在马桶盖上,突然觉得身体很不舒服,心口发虚,四肢酸软无力,冷汗一阵一阵地从身体深处渗透出来。我疑心自己是生了重病,这是我从来没有过的感受,孤独、恐慌、焦虑。这感受坚硬而庞大,夯土一般冲击着我的身体,远远超过我所能够抵抗的程度。

厕所里没有开灯,但我仍能看见一些杂乱而隐约的光,丝丝缕缕地在空气里飘荡。它们在空气中似乎幻化出了各种画面,时而张狂,时而嘲笑。这光让我变得更加烦躁,甚至伸手试图去捏碎它们。我将腿盘起来,闭上眼睛,我期望自己能避开这些光,躲藏到黑暗里头。但没有用,那些光依旧穿过我薄薄的眼睑,像闪电一样在我眼球上飞舞。

我开始默念楞严咒。

南无萨怛他,苏伽多耶,阿啰诃帝,三藐三菩陀写。南无萨怛他,佛陀俱胝瑟尼钐。南无萨婆,勃陀勃地,萨跢鞞弊……

我就这样一直默念着,念完一遍,再从头开始,就这样枯燥地反复。终于,念到第五遍的时候,我开始完全地平静了下来,就像有什么东西从我身体里被驱赶了出去。再念下去，声音竟然也不一样了，似乎不再是我一个人单调地诵念，而是无数个我站在一起，层层叠叠，低沉浑厚，海一样的无边无沿。随后，我闻见了一股香气，这香气淳厚澄澈，在我口鼻间打个转，就直往我身体里面钻，钻入后，又不停地穿梭、流转，再从身体穿出去，复又回来。而每一次的这样来回，我的身体都会被带走一份重量。就这样，一次又一次，到最后，我的身体竟然变得通透而舒畅，甚至我的人也开始慢慢地悬浮起来。

我紧闭着双眼，可我却分明看到了一片宽阔平静的水面，水面上有着柔和无比的光，这光似乎是从水底透出来的，光照着水面，水又折射着光，一时之间，到处都是水，到处都是光，层层叠叠，无穷无尽。我试图将身体往水底的光亮里飘过去，我想到那光的中心去，但我却用不上力气，我的身体毫无重量，我就悬浮在那里，丝毫动弹不了。

从厕所出来的时候，我觉得整个人都在恍惚，我感觉自己不是从厕所里走出来，而是从另一个世界走过来。这世界似乎是真实存在的，它与我若即若离，就像磁铁的两极，存在却无法接近。

躺在床上，我的泪水就情不自禁地从两颊滑过去，溽在了枕头上。我轻轻抓过秀珍的手，将它放在我的胸口。就在此刻，我在心里默许了一个愿望。我想，如果我这次真能生下一个儿子，我一定要把自己的下半生皈依了佛祖。

2

在将两个孩子安排好以后,我就陪着秀珍住进了医院。我整理好床铺,让秀珍躺下。秀珍的身体躺在看上去并不怎么干净的白色被子里,显得紧张。我拉住她的手,冲她笑着,我想说说话,宽慰宽慰她,可是,我却不知道自己该说些什么。就这样,我们两个紧紧握着各自的手,谁也没有开口。病房里的气氛凝重得就像在进行某种仪式。

病房里闹哄哄的,不时有人进进出出。隔壁床的那个产妇,因为临产时的阵痛不时发出夸张凄厉的哭喊声,这让病房里的气氛显得更加诡异。每当这个产妇发出哭喊声,秀珍的身体总会抖动一下,虽然这已经是她的第三个孩子了,可她依然比第一次生产还要紧张。

因为羊水不足,秀珍需要提前生产。在给秀珍做过各项检查后,医生决定下午就给秀珍做分娩手术。我陪着秀珍到了手术室门口,医生就不让我进了。我只能站在那里,看着秀珍躺在那张盖着白色床单的不锈钢床上,被推进了手术室,随后手术室的门关上,红灯亮起。站在门口,有一瞬间,我感到特别恍惚,似乎推走秀珍的不是推车,而是那辆白色的、没有牌照的面包车。我记起来,当那辆面包车消失在我的视野中时,有一瞬,我觉得我是永远地失去了秀珍。

整个手术过程,我都没有坐下,我就像个雕像一样站在手术室门口。我看着门上的红灯，不停地吞咽着口水。我觉得喉咙很干，不渴，就是干。我死死盯着那扇有些斑驳的手术室的门，似乎那里隐藏着另外的一个世界。我渴望时间能变得快些，快得就像一列火车，这样，我就能马上看到结果。可我又渴望时间变得很慢，慢得就像陷入黏稠的糖浆，这样，我就不用那么仓促地面对眼前的一切。

我就那样胡思乱想着，却没注意到手术室的灯是什么时候灭的，尽管我一直盯着它。很快，手术室的门开了，那张蒙着白色床单的不锈钢床又被推了出来。近一些，我就看见了秀珍，她虚弱地躺在那里，面色惨白。我试图向她走过去，可我的腿却一阵阵地发软，无力动弹。

很快，秀珍也看见了我。看见我的时候，她似乎是用了很大的力气，冲着我露出了一个微笑。这微笑似乎给了我力量，我坚持了一下，终于也走到了她的身旁。就在此时，我看见秀珍的身体旁还有一个黄色的小包裹，小小的，中间缚了根棉布条。我颤抖着双手小心翼翼地掀开包裹，里头有一双眼睛，一股柔和的光从眼睛里流出来，清澈无比。

是儿子，秀珍有气无力地说。

我点了点头，我说，我知道。

秀珍说，你抱抱他。

我摇了摇头，我抱不动了，我一点力气都没有了。

秀珍笑了笑，她的眼中闪过了一丝泪花。

3

秀珍说,你给儿子取个名字吧。我说,名字我早就想好了。我找了张纸,写下了"方长"两个字。秀珍一愣,方长?怎么听着像和尚。我解释,这个字不念"zhang",念"chang"。方长,来日方长的意思,就是说生了儿子,我们的好日子还长着呢。秀珍愣了一下,说,反正我觉得怪怪的。我说,我这初中文化能取这样的名字已经不错了。反正先叫着吧,如果真不喜欢,以后上户口的时候,再想个好名字。

儿子不像我,像秀珍。儿子像娘,这是天经地义的事。可秀珍却说他像我,我是一点都看不出来儿子哪里像我。我跟秀珍商量,现在有了方长,我想让她把超市的那份工作给辞了,可秀珍却不愿意,她舍不得她那份工作。她说,方长也可以放到幼儿园啊,大不了我以后不上晚班了,不是也没影响吗?

我耐心地劝秀珍,我们现在有三个小孩儿了,带个人不是带根绳,你哪还有精力?如果你去上班,我又在外面,三个孩子,一个都没在我们眼皮底下,怎么放得下心?我们这么辛苦为什么,不就是为了孩子吗?

秀珍没接我的话,扭头看着方长,说,你爹现在是大富豪了,妈妈挣的钱他都看不上了。

听了秀珍的话,方长突然就咧嘴咯咯地笑,就像他听明白了一样。我轻轻地刮了一下方长的鼻子,儿子,你也听懂了吧。你爸爸有了你，就是天底下最大的富豪了。

秀珍也笑，笑了一会儿，她的神情又有些忧愁，如果我没工作了，你就更要辛苦了。

我笑笑，怎么会呢？我没上山砍柴，也没钻地去挖煤，家里也有吃有喝，苦什么？虽然送报纸、送牛奶、骑三轮车，都不算什么好行当，可我觉得挺自豪。那些城里人，养一个孩子都那么吃力，我们却能养三个小孩儿，你说自豪不自豪？前两天，我在路上碰见以前的一个熟人，他还说我长高了。我一开始还没听懂什么意思，后来我就想明白了，我有这三个儿女，每天昂首挺胸的，你说我能不长高吗？

秀珍听了，忍不住笑，看把你得意的。

其实，我还有个得意的原因没有告诉秀珍，就在今天，加上新领的工资，我们的存折里正好满了四万元。当我知道这个数目后，我真想把这钱从银行取出来，放到床上，一张一张地摊开来，我想看看它能不能铺满整个房间。想想，城里的钱还是好挣的。刚还米缸见底，也没多少工夫，就不声不响地攒了这么多。这还不到一年呢，我算算，按现在的情况，一年存五万肯定没问题。一年五万，十年就是五十万，二十年就是一百万。方长现在刚一岁，等到二十岁的时候，我就有一百万了。这么想着，我突然有些激动起来，我朝房间四周打量了一遍，一百万元，如果都换成一元钱的硬币，能不能将这个房间装满啊？

第二天早上，秀珍便去超市办辞职的事情。到了下午，秀珍又给我打了个电话，说自己已经跟店长说好了，明天就可以不用去上班了。不过同事们要请她吃个散伙饭，晚饭就别等她了。

这一天，我也没有出去骑车，我在家里陪着二囡和方长玩。等到大囡放学回来，我就让大囡陪弟弟妹妹，我去买来菜，烧给她们吃。吃完了，大囡开始做作业，我和二囡则一起逗方长玩。再后来，天就黑透了。方长肚子饿，要吃奶，可秀珍挤在奶瓶里的奶已经没了，方长不高兴，便哭闹了起来。我有些烦躁地看了看时间，眼看都八点了，秀珍怎么还不回来。我打秀珍的手机，手机却关着。奇怪了，这是怎么回事？我着急起来。又待了一会儿，终于坐不住了。

大囡，你在家里陪着弟弟妹妹，我去接妈妈好吗？

大囡点了点头，爸爸你去吧。

我想了一下，不放心，又叮嘱道，大囡，你要把门锁好，除了爸爸妈妈，谁叫门你都不要开，知道了吗？

大囡又点了点头。我想了想，还是不放心，不知道还有什么没交代的。这时，大囡反倒催我了，爸爸，你快去接妈妈吧，我已经是大孩子了。

我骑着车急匆匆地出门，往秀珍的超市赶。到了超市，超市还没关门。我进去问秀珍还在吗，可超市的人却告诉我，秀珍七点钟就走了，说要回家给孩子喂奶。

七点钟就走了？要知道我出来的时候就已经八点了，秀珍骑着电瓶车，从这里回家，再慢也用不了一个钟头啊？

我心里有一种不好的感觉，出了超市，我又赶紧往家里赶。走到家门口，方长还在啼哭，我的心里一紧，开了门，秀珍果然没回来。大囡奇怪地看着我，妈妈呢？我随口撒了个谎，妈妈有点事，我先回来看看你们。大囡，你再照顾一下弟弟妹妹，爸爸再回去找妈妈去。大囡将信将疑地看着我，点了点头。

我骑着三轮车，沿着秀珍平常走的路，慢慢地寻找着。秀珍到底会去哪里呢？一路上，不时有救护车和警车开过，发出尖利的警报声。听见这个声响，我的心便一阵阵地抽紧。

就这样，我骑着三轮车，慢慢地驶上南门那条有些偏僻的斜坡，我一边骑，一边往四周打量着。骑了一会儿，我仿佛听见有人在叫我的名字，声音很微弱，听不清明。我停下车，仔细辨认了，对，是秀珍的声音。我顺着声音又寻了一阵，终于看见了秀珍，她坐在路边的一棵法国梧桐下，电瓶车则倒在一边。因为天太黑，根本就无法察觉。

秀珍，你怎么了？秀珍看见我，想露个笑容，眼泪却先流了出来。她告诉我，她已经在这里坐了一个多钟头了。我再不来，她都要绝望了。

原来，这条路平时一直是好的，不知什么时候起，有工人在这里埋管道，把好好的一段路给开了膛。这段时间，秀珍一直在休产假，不知道这里的情况，晚上路过时，正好迎面开来一辆汽车，闪着远光灯，一时看不清楚，她就连人带车摔到了沟里。

秀珍说，我也不知道是摔在哪里了，左手疼得不行。可我又不敢走，电瓶车还扔在这里，我又疼得推不动车，怕走了，车子被人偷了。本来想给你打电话，可是手机被摔坏了。没办法，只能一个人坐在路边。我想，你一定会来找我的。

听了秀珍的话，我的鼻子有些发酸，我搀住秀珍。

能站起来吗？秀珍说能的，就是脚有些麻。

我赶紧扶你去医院看看，可别把骨头给摔裂了。

我小心翼翼地扶着秀珍坐到了三轮车上，然后又把电瓶车搁在了座位前面的踏板上，就这样，我载着秀珍和电瓶车往医院里赶。

急诊室的值班医生给秀珍拍了片，很快，片子出来了。医生将片子塞在一块发亮的板子上，看了一会儿，眉头皱了起来，显得神色有些凝重。

你看看，能看清楚吗？

我瞪着眼睛看了一阵，然后疑惑地摇了摇头。

医生用手往片子的某个部位指了指，看见了吗？黑乎乎的，你老婆骨头里长了东西。

我被吓了一跳，怎么可能，骨头里长什么东西？

我现在还不敢断定，初步怀疑是囊肿。

囊肿？骨头里长囊肿？我听都没听说过。

人的骨头和其他地方是一样的，都是活的。只要是活的，就有可能长囊肿。就拿你老婆的骨头来说吧，你看看，这里是黑的，这里却是非常亮，这是什么原因呢？黑的地方是囊肿，亮的地方却是空的。这么说吧，我们正常人的骨头里，也是有东西的，这个东西就是骨髓。而你老婆的骨头里呢，你看，亮晶晶的，已经没有骨髓了，这些骨髓都被这个囊肿给吃掉了。现在她的骨头就好比竹子，里面是空的，脆的。这说明这个囊肿在你老婆骨头里已经长了一段时间了，已经将里面的东西吃完了。

我着急地说，那怎么办？

我建议你赶紧将你老婆送到大医院去。这可不是普通的毛病，我们这里治不了。去杭州吧，我帮你联系，你要抓紧，要马上送去。

我不知道我是怎么走出医务室的，我觉得整个人都混乱了，就像我是一堆积木，堆得好好的，突然就散架了，落了一地。我走出了医务室，一个人走到了急诊室的大门口。外面天色已黑，路灯昏黄，只有偶尔来医院的汽车，灯光在黑暗中招摇几下。

我两腿发软，瘫坐在急诊室门口的水泥台阶上。此刻，我多希望自己不是坐在台阶上，而是悬崖峭壁、万丈深渊的边缘，这样，或许我一侧身子，就什么烦恼都没有了。就在我无比绝望的时候，我的脑中突然清晰地滑过一个念头。我想起了秀珍生下方长前的那一天晚上，我曾经许过一个愿望，如果我这次真能生下一个儿子，我一定要把自己的下半生皈依了佛祖。为什么秀珍会得这样的病，难道是因为我许下那个愿，而我没有做到？可是，佛教不是讲慈悲吗？就算我没做到，也不能这样对秀珍。再说，愿是我许的，如果真要报应，也应该冲我来。如果菩萨做事都这么不讲道理，那我还皈依个什么？

第 九 章

1

要去杭州了，最放心不下的还是家里的几个孩子。总不能把他们也带到杭州去吧？现在秀珍的情况还不清楚，我都不知道自己接下去该怎么办，哪有心思照顾他们。想来想去，我托巷弄口的那个托儿所，给介绍了一个阿姨。我跟阿姨说明了家里的情况，希望她这些天能住在我家，帮忙照顾一下孩子。阿姨人不错，也是乡下来的，胖乎乎的，看着就忠厚。她说你就放心去吧，孩子我会带好的。我感谢了一番，便带着阿姨回了家。我跟孩子们介绍了阿姨，我说，爸爸妈妈要出去几天，你们在家里要听阿姨的话，特别是大囡，要照顾好弟弟妹妹，知道吗？大囡看着我，咬着嘴唇，一句话也不说。大囡是个聪明的孩子，她一定猜出家里发生什么事情了，但她很懂事，她知道我不跟她说，一定有我的道理。我看了看大囡，又看了看二囡和方长，我心里划过一丝绝望，如果秀珍真有什么事情，我该怎么面对这些孩子们啊？

临走时，我又特地叮嘱了大囡几句，大囡，照顾好弟弟妹妹，有什么事就让阿姨打爸爸电话，知道吗，要乖。

大囡用力点了点头，阿姨在旁笑眯眯地对大囡说，大囡肯定乖的，再说还有阿姨呢，对不对？

我摸了摸大囡的脑袋，随后又依次摸了摸二囡和方长的脑袋，便转身快速地离开。我得快些走，我怕再待一会儿，我就会心软得走不了了。

我站在公交车站等车，过了一会儿，突然听见有人在叫爸爸。我转过身，竟是大囡从巷子口跑了出来。大囡跑到我旁边，抱住我的腿就哭了起来。

大囡，你怎么了，干吗哭啊？大囡没有说话，只是哭，小肩膀一抖一抖的，哭得无比伤心。一时之间，我也不知道该怎么安慰她，我只能轻轻拍着她的肩膀，我不敢开口，我怕一开口，我也会哭起来。

过了一会儿，公交车来了。

大囡，车来了，爸爸要走了。

大囡这才将手从我腿上松开，她用力抹了抹眼睛，吃力地帮我拎起那个装着洗漱用品的网兜。我赶紧接过来，大囡，太沉了，让爸爸自己来。大囡却不肯，非得帮我拎。车子开到了眼前，停下，开了车门。我说，好了，大囡，给爸爸吧，爸爸要上车了。大囡把兜子递给我。大囡赶紧回家吧，听阿姨的话，照顾好二囡和弟弟，知道吗？大囡用力地点头。

我上了车，坐在车窗边。大囡看着我，突然大声问了一句，爸爸，妈妈会回来吗？我心里一紧，用力地点了点头，放心吧，爸爸一定会带妈妈回来的。

车子开动了，我看见大囡在站台上又站了一会儿，然后转身往巷弄口走去。看起来，她那小小的身子显得那么柔弱和孤独。在她面前，那个原本狭小的巷口，竟然如此荒凉巨大。

我的眼泪忍不住又扑簌簌地掉落下来。我用力地擦自己的眼睛，一遍又一遍地擦，擦得生疼。

2

秀珍住了院，做了切片。万幸的是，她的囊肿是良性的。

我长长地松出一口气。好了好了，最揪心的事情终于还是没有发生，一切并没有我想象得那么糟糕。

接下来，便是手术了。安排给秀珍手术的是一个姓周的医生，年纪不大，戴着一副眼镜，一副文质彬彬的样子。周医生说，这个手术需要把秀珍手臂的骨头打开，将骨头里头的东西取干净，再用钢板将骨头切掉的部分补回去。

周医生说这些话的时候，神情自若，可我却忍不住将眼睛眯合起来，似乎此刻我的眼前出现了一幅切肉敲骨的画面，血淋淋的，让我不敢直视。我记得小时候看连环画，看到过关二爷刮骨疗伤的故事。那个叫华佗的神医给关二爷刮骨头上的箭毒，关二爷不但不喊疼，还神情自若地跟别人下棋。说实话，那时候我就疑心这个故事是假的。又不是神仙，一个活生生的人，怎么可以让刀子在骨头上刮来刮去呢？没想到多年后，秀珍却也要做这样的手术，而且看上去比关公还要严重，不仅要刮，还要将骨头打开来刮。

回病房时，我还寻思怎么跟秀珍说手术的事。可秀珍见了我，却丝毫没有提手术的事，只是担心家里的孩子。我安慰秀珍，你不要担心，有阿姨照顾他们呢。秀珍还是不放心，问我要了手机，给家里打了个电话。打电话的时候，秀珍一会儿笑，一会儿哭。我在一旁看着她，心里乱成一锅粥。我的耳边总有一些微弱的嚓嚓的声响，一开始，我还不知道这是什么声音，等秀珍终于挂下电话的时候，我突然明白了，那是刀片在骨头上摩擦的声音。

我有些焦躁起来，这手术能行吗？又割肉又磨骨头的。要知道，那可是活人，活人身上真能这么干？说实话，我心里不相信那个周医生。别说是给人动手术，就算是卖猪肉的，手一抖，多给一些少给一些都不一样。这医生又不是自己家亲戚，不贴心贴肉的，万一他不给你好好做怎么办？

我跑到医院门口透气，正好旁边有个小卖部，我便忍不住跑去买了包香烟。

你是外地的吧？老板主动跟我搭茬。

我点了点头。

头一次来看病？

是啊，要动手术，正发愁呢。

这有什么好发愁的，给医生包个红包啊。

我一愣，红包？

是啊，红包啊。这年头，谁到医院里不送点红包啊？

我突然反应了过来，我可真是聪明一世糊涂一时，以前找工作，不都是送礼送的吗，怎么到了医院，我就迷糊了？

这时，老板打开旁边一个抽屉，拿出一张卡来递给我。

我接过来看了看，这是什么，电话卡吗？

什么电话卡，是超市卡，喏，你看。老板朝对面指了指，看见没有，联华大超市，就是那里的超市卡。

我看了看超市，又看了看这张卡，有些将信将疑地问道，这个卡做什么用？

当钱用啊，拿着这卡去超市，想买什么就买什么，跟钞票一模一样。我跟你说，现在的医生都喜欢收这个，钞票太显眼，没人敢要的。

那这个卡多少钱一张？

各种额度都有，就看你要送多少了。

我想了想，两千的有吗？

老板翻了一阵，拿出一张，喏，这张是两千额度的。这样，你给我两千一百，我就收个成本费。

我犹豫了一下，将卡买了。随后，我便拿着卡去找周医生。运气不错，周医生正好在办公室里，问我有什么事。我说，快动手术了，我就想咨询下，看看手术前还得注意些什么。周医生说，倒也没什么特别注意的。你呢，多陪陪她，让她不要太紧张。生病了，总是要去面对的。还有就是尽量给她改善一下伙食吧，补充营养，毕竟是动手术，还是需要好的体质。

我认真地听着周医生的话，频频点头。其实我半句都没听进去，我的手插在口袋里，都快把那张超市卡挤出汁水来了。

周医生说了几句，见我还没有走的意思，那个，你还有别的什么事吗？

我一愣，用力摇头，没事没事。

那行，就这样，我还有事。

我赶紧站起来，那我就不打扰周医生了。说着，我就将口袋里的卡掏出来，扔在桌上，转身要跑。可没想到周医生的动作比我还快，一把拉住了我的胳膊。

哎，你这是做什么？

我被他拉住胳膊，走不了，只能尴尬地站住。

是这样，周医生。你不是说，秀珍动手术要补充营养吗？我想，秀珍躺在那里，不用动都要补充营养，你站着做手术，不是更需要吗？所以，我就想让你也买点什么来补充补充。

周医生听了我的话，被逗乐了。他一乐，我的胆子也稍稍大了起来，又继续说，周医生，我想，你的营养补充好了，你的手术肯定也会做得更好，对不对？

周医生看了我一眼，皱着眉摇了摇头，又叹了口气。他似乎想说些什么，但又什么也没说。他将卡放到我手上，起身往外走了。我拿着卡，慌了。他怎么不收红包呢？难道他对秀珍的手术没把握？我赶紧跑出办公室，跟住周医生。周医生停下脚步，扭头看我，你跟着我做什么？我尴尬地笑笑，周医生，你还是收下吧。周医生的脸色沉了下来，你这个人怎么说不清楚。他走到电梯旁，按了指示灯，电梯开了，他走了进去，我赶紧也跟了进去。周医生不再理我，他看上去不大高兴。我站在他旁边，心里有了打算，今天不管怎么样，就是逼，也要把这个卡逼给他收下。

就这样，电梯不停地往下走，人们进进出出，最后终于只剩下了我和周医生两个。我瞅准时机，迅速将卡掏出来，塞进周医生白大褂的口袋。周医生被我突如其来的举动吓了一跳。你做什么？他要将口袋里的东西取出，我赶紧将他的手捂住，我几乎哀求一般地说道，周医生，求你了，你收下吧。我没有别的意思，就是希望你能将秀珍的手术做得好一点。

周医生用力地挣脱着我的手，你不要这样，你这是砸我饭碗。

我死死地按住周医生的手，周医生，你放心，我这个人很上路的，这个事情我绝对不会说出去。

周医生折腾一阵，抽出一只手，冲着电梯的一角指了指，我抬头一看，那里竟然有一个摄像头。顿时，我明白了一切，像被电击一般，迅速将手抽了回来。我笔直地站在电梯的一角，不知道该如何是好。周医生将卡放回我的口袋，然后用力地揉着自己的手腕，揉着揉着，他突然扑哧一声笑了起来。

电梯门开了，周医生走了出去，我下意识地又想跟出去。周医生转过身，温和地看着我，好了，别再跟着我了。我站在电梯口，看了周医生一眼，眼泪便从我眼眶里流了出来。我低下头，伸手擦了擦自己的眼睛，这一刻，我感觉自己是那么地没用，那么地可笑。我很沮丧，似乎沮丧并非只来自周医生的拒绝，我说不清它来自何方，它让我觉得自己渺小极了。周医生见我流泪了，似乎也有些过意不去，他走过来，拍了拍我的肩膀，别担心，也别听别人胡说。放心吧，我是个医生，收你东西不收你东西，我都会认真做的。

3

一个礼拜后，秀珍动了手术。她手臂上的肉被割开，取出一块麻将牌大小的骨头，然后将里面的囊肿取掉，再用人造骨填回去，最后用进口钢固定住。周医生没有食言，手术非常成功。他告诉我，接下去，只要再等一段时日，让新肉长出来，除了一个疤，什么都看不出。

为了庆祝手术的成功，我让阿姨把三个孩子都带到了杭州。我带着他们去了西湖，去了灵隐寺，然后又带着他们去了联华大超市。原本，我想把那张超市卡退掉的，可那个老板太黑心，说退卡，只能退一千五百元，我舍不得，干脆就让孩子们挥霍了一把。孩子们进了超市，就像小狼们冲进了羊群，别提多高兴了。

好了，孩子顾孩子的高兴，我又得独自面对自己的烦恼了。手术费、住院费、医药费，杂七杂八，一共花了五万多。原以为这些钱多能报销，可医保中心的人却告诉我，秀珍用的大多是进口药，进口的药是不能报销的。我觉得这是没有道理的，为什么国产的能报销，进口的就不能报销？如果有些人的病只能用进口药，那干吗还让他参加保险呢？对我的疑问，医保中心那位肥胖的中年女人有些嗤之以鼻，你去问卫生部部长吧，你的问题，我回答不了。我很不喜欢她的态度，再说了，我到哪里去找什么卫生部部长，我都不知道他叫什么名字。

该死的，前阵子我还在琢磨，等方长二十岁的时候，我能给他存下一百万元，帮他买房子，娶媳妇。可现在，我却只能给他九十五万了。不过，到时我肯定会跟方长说清楚，他不能埋怨我，少了的那五万元，是被一个我不知道名字的人给"规定"走了。

为了弥补亏空，我给阿宏叔打电话，我希望他能多给我介绍些佛事。阿宏叔说，你放心，我说过，你能吃这碗饭的，只要你能坚持下去，到时不是你去赚钱，而是钱自己来找你。阿宏叔的话听上去更像是一种宽慰，他是一个好人。现在我已经不相信钱能来找我的话了，它凭什么来找我，又不是我家亲戚。你看我来了城里这么久，我起早贪黑那么拼命，我都找不着它，它还会来找我？

接下来的这段时日，阿宏叔果然给我介绍了许多佛事。出门做佛事，一般都要几天，工作上我倒不担心，送几包烟，偶尔吃顿小海鲜，同事们都会乐于帮我。关键还是秀珍。我这一出门就是四五天，总不能老跟她说哪个亲戚去世了吧？照这个频率，用不了几次，我的那些亲戚都要被我用完了。

我在卫生间里，用剃须刀将头发剃光。事实上，我已经有一段时间没有将头刮得这么干净了。我摸了摸头皮，觉得微微有些发辣。

我冲镜子左右打量着自己的头型，心里则盘算着该怎样跟秀珍开口。要不，还是干脆将事情挑明了吧，反正这也是早晚的事，秀珍又不是聋子瞎子，哪能瞒一辈子啊？可是我又担心，秀珍刚动完手术，身子弱，我不能惹她不高兴，毕竟我是出门去当和尚赚钱，不是做什么光彩的事。唉，这可真让人犯难。

我这盘算着，却听见秀珍在门外叫我，方泉，你在做什么，怎么半天不出来？

我赶紧将东西收拾干净，好了好了，马上出来了。

算了，伸头是一刀，缩头也是一刀，干脆硬着头皮跟秀珍说了得了，好好哄哄她，应该不会有什么大事。

我推开门，秀珍就站在门口。秀珍盯着我的光头，冷不冷？我一愣，她是说我的头吗？秀珍将手往上一举，这时我才注意到她手上拿着一顶褐色的毛线帽子。秀珍将帽子套在了我头上，往后退一步，认真打量一番。嗯，还挺好看的。

什么意思，送给我的？我忽然想起前阵子秀珍买了些毛线，我以为她是给方长做什么衣服呢。我还劝她，你这手臂刚动了手术，不能用劲，需要什么去买现成的就好了。当时秀珍笑而不答。没想到，她是给我织帽子。

秀珍，那个，我想……

我知道。秀珍打断了我的话。

我愣住了，你知道什么？

秀珍笑了笑，方泉，其实你在外面做什么都不打紧。你别担心，我理解你，无论怎么样，你都是为了家。我只要知道你心里装着我和孩子就够了。

秀珍的话让我心里一阵阵地暖和，鼻子都有些酸起来了。是啊，秀珍又不是傻子，我平常老剃光头，还捧个《楞严经》，她怎么看不出来？只是她没给我点破而已。她是个好女人，我想我是走了狗屎运，竟然能娶到秀珍做我的老婆。

4

这一堂佛事安排在山水村的一个庵堂里，是放蒙山。

蒙山其实也是焰口的一种，就是给口吐焰火的恶鬼施水施食。在乡下，一旦村里出了怪事，比如经常有人得病或是出了什么不太平的事，村里人会认为这是恶鬼作祟，大家便会凑了钱，请来和尚放焰口，让那些恶鬼不要继续在本地纠缠。

据说，原本的僧道尼，都有自家的焰口。和尚的叫焰口，尼姑的叫蒙山，道士的，则称为小斛。按照老规矩，和尚的焰口，尼姑道士不能参加；尼姑的蒙山，道士和尚也不能参与。各家的焰口各家放，各家的规矩各家守。不过到了现在，这些老规矩早已没有了严格的界限，无论是焰口、蒙山还是小斛，只要是出家人，僧道尼都可以放。

放蒙山的活动也在夜间举行，也要设坛，中间主坛，两侧陪坛。主坛上是法师，内穿黄海青，外披袈裟，头戴毗卢帽，其余僧众则坐陪坛。

现在，我已经当了乐众，负责敲木鱼。我认同阿宏叔对我的看法，我是能吃这碗饭的，无论是引磬、木鱼、铙钹还是手鼓，我几乎一上手就能学会。比如木鱼，许多人都敲不好，虽然看着只是一敲一打，十分简单，实际上却不好掌握要领。许多人敲木鱼，总是爱用手臂的力量，其实用手臂的力量，既控制不好轻重，也不能持久，手臂会很快酸痛。而我，则会利用手腕的巧劲去敲，这样，木槌就能借助从木鱼上弹回来的力量，既好掌控，也不会让手感到酸累。

和焰口比起来，蒙山的排场要小一些，但程序上大致相同。起先是唱《心经》《往生咒》《大悲咒》《变食真言》，然后念《阿弥陀佛》。法师坐上主坛，再唱一段《叶里藏花》。接着，加持四静，开铃，请圣，皈依三宝，法师再唱《遣魔印》《伏魔印》《次结火轮印》《次结真空咒印》，众人唱《音乐咒》。随后，又启告三十五佛，五供养。法师除魔，唱《次结遣魔印》，结手印，众人唱"我今奉献甘露食"。最后，度亡召请，度鬼，发愿回向，皈依，奉送，这才圆满。

整个蒙山的仪式显得热闹而有秩序，法师的诵唱伴随着众人的和唱，法器伴奏、独唱、对唱、一领众喝、齐唱，就像这里在召开一场小规模的音乐会，热闹得不行。要完成蒙山的所有程序，大概要四个小时左右。其间，只有在法师念文书的时候，我们其余僧众才可以休息一阵。趁着这个空当，我有了烟瘾，怕人看见，就偷偷绕到殿后的竹林边去抽烟。我刚点了烟，还没抽几口，便听见有人朝这边走来，扭头去看，竟是一个尼姑。她走到我旁边，像是看不见我，也顾自点了一根烟抽。这个尼姑看上去有四十五六的样子，有些肥胖，不知道是不是肥胖的缘故，走路时，腿脚有些不稳。面相看上去倒是和善的。

就这样，我们两个抽烟，谁也不说话。我看着白烟在黑暗中袅袅浮浮，一根烟很快抽完了。法师文书念完还早，我又不想太早回去，便站在竹林边发呆。

今天的法师嗓子还不错。

我愣了一下，尼姑是跟我说话。

是哦，现在好嗓子不多了。

尼姑鼻子里哼了一下，不是好嗓子不多，是不讲究了，都在混饭吃。

我又一愣，不知该怎么接话，就没再开口。过了一会儿，尼姑又说，你是哪里的，以前好像没见过你？

哦，我是第一次来庵里放蒙山。

哦，难怪。我也有个小庵，平时偶尔有佛事，见的出家人也多，所以才说没见过你。

我是新手，平时也忙别的事。

这样挺好。

我笑笑，要是能像你这样就好了，有自己的庵堂。我觉得做这一行，一定要当家才行，否则也很难有出息。

什么出息，都一样，一座小庵而已。有钱人，都喜欢去大庙。

我笑笑，拔了根烟给她。再抽一根吧。她没推辞，接了，我又帮她点了火。我们两个抽着烟，不再说话，空气中，隐隐传来法师唱诵的声音。

这是个末法的时代。尼姑突然说道，

我一愣，没明白什么意思。她将烟扔地上，踩了，快念完了，回去吧。我便也熄了烟，跟着她走。走到半路，尼姑又说，对了，你给我留个号码吧，过几天我那里有堂佛事，你有空就来做个乐众吧。我便拿出手机，跟她相互留了号码。这时，我才知道她的名字叫慧明。

整堂蒙山结束时，已经是这天的夜里十一点多了。庵堂里给大家准备了消夜，但我没吃，结了钱，一个人走了。

夜晚的空气潮湿冷冽，走出庵堂，我便将外套用力收紧，脚步也加快了些。我企图将身体走热起来，这样才够抵御这一路绵延不绝的湿冷。

说实话，我并舍不得走，我愿意在庵堂里多待久一些。我喜欢这里，无论是水陆还是焰口或是其他，只要是佛事，都让我感觉自己在参与一件很重要的事情。尽管在这些场合中，我只是身份最卑微的空班或者乐众。但我喜欢这种一起认真做事情的感觉，这让我觉得自己有了某种价值。好几回，当我站在僧众中，看着身前的那些斋家，我甚至会生出幻觉，觉着自己真是得了道的，我能在他们和某种神秘力量之间起到关联的作用。

但我明白，这样的感觉虽然美好，却更像泡沫。一旦仪式结束，我就得回到现实中，我得从高处走下来，匍匐在地，重新开始低声下气的生活。我觉得自己就像一架电梯，一会儿往高处走，一会儿又往低处跌。有时觉得自己似乎是一个重要的人，有时又觉得自己像空气里的一粒尘埃，一文不值。所以，我得强迫自己离开，我得强迫自己知道，这只是一门赚钱的手艺，就像当年做漆匠一样，房子刷得再漂亮，也是主人家的，它不属于我，我也不属于它。

就这样走着走着，渐渐地，我离城市越来越近，近得都能看见夜色中那些璀璨的灯火了。在那些灯火中，有一星半点是属于我的，在那里，有我的妻子秀珍，有大囡、二囡，还有方长，他们在那里等我。我得赶回去，和他们挤在那个狭窄的出租房，一起度过并不漫长的黑夜。等到明天凌晨，我又得早起，因为我还要去送牛奶和报纸，送完了，我还要给那个马站长送去热腾腾的生煎包，然后在交警的围追堵截下去骑三轮车。

这才是真正属于我的生活。

走到城南那座大桥的时候，我停下脚步，忍不住朝身后张望了一眼。此时，山水村的那个庵堂已经完全看不见了，只有黑暗和更深沉的黑暗。看着那片黑暗，我的脑子里却不停闪过放蒙山时的情形，我觉得有些恍惚，似乎那里发生过很多事情，却似乎什么都没有发生，一切只是一部被虚构了光影的电影。

周医生告诉我，秀珍的手术很成功，但他也不能保证秀珍的病不复发。如果两年内不复发，就没有事。可一旦复发，就什么都说不准了。我明白周医生说的那个说不准是什么意思。在那一刻，我又想起我在方长出生前那一晚许下的愿。我不知道那个愿和秀珍的病有着怎样的联系，我也不知道，那一刻，我为什么要许那样一个愿。事实上，我并没有皈依的决心，因为皈依我就必须和秀珍离婚。

我叹了口气，我知道，我许下的这个愿，它就像一把利刃，将长久地高高悬挂在我的头顶。

5

几天后，那个在山水庵碰见过的慧明师父果真给我打来了电话，约我去庵堂参加一堂佛事。慧明师父的庵堂叫山前庵。我知道那个地方，旁边有个山前村，离城区不远，骑电瓶车约莫半个小时就能到。

山前庵不大，庵名因庵堂后一座屏风般的大山而得名。庵里新老房屋相间，说新房也不算新，八十年代造的，但因为缺少维护，房子早已变得破败了，四处漏风，清冷得很。

我去得太早，此时别的僧众还没有到，庵里只有慧明和一个约莫五十几岁的男人在。这个男人有着此间少见的高大身材，看着竟有一米九的样子，不过精神却很差，皮肤蜡黄，躺在院子的桂花树下晒太阳，悄无声息。

我到后不久，来参加佛事的僧众们也三三两两来了，人齐了，便开始做佛事。佛事不大，拢共不过十个人。对我来说，这一行做到现在，已经见过太多的大场面了，这种小佛事对我来说简直就是轻车熟路了。我们做佛事时，那个高大男人就帮着传递香炉檀香等小物品，他的身体很虚，稍微动几下，就像干了重活，折身又躺到院前那棵大桂花树下的躺椅上，一副气力不济的样子。

因为是小佛事，整个仪式规模小，也显得匆忙，太阳还未落山时便结束了。不过，因为斋家们还在，我们这些僧众不能在众目睽睽下结账走人，便又留着，各自打发着时间。

我找慧明师父聊天，慧明师父跟我介绍说，这个庵堂始建于乾隆二十三年，原先庵里还有块碑，记载着当时捐钱建寺的始末以及一众善男信女的名字，但"文革"时被村民敲碎，后来那些残片便都不知所终。现在庙里还留下个石香台，上面有字，依稀可辨乾隆二十三年的字样。慧明说自己本是温州人，当年也是机缘巧合，听了别人的介绍来这里。虽然当时看着这里多年没有香火，早已破败不堪，但庵后的这座山却好，她就留下来守了这个观音道场。

我们说着话，渐渐地，斋家们也都散了，慧明师父便将佛事收来的钱清点了，让众人结账回家。

从这天开始，只要庵堂里有佛事什么的，慧明师父总会打电话给我。慧明人不错，也宽厚，对佛事要求不高，有些不上路的空班站在大殿里嬉皮笑脸，东倒西歪，她也不会去说，我想，要是换作阿宏叔，那些人早就被赶出大殿了。后来，我又知道那个高大的男人，原来是慧明师父的表哥，也是温州来的。大概二十年前，慧明师父来到了这里，十年后，她的表哥又跟来了此处。从此，两个人便一直守着这座庵堂。

慧明的表哥得了恶病，有一次，慧明师父无意说起他的病情，哀伤地念了一句，他是随时会走的人。但她没有细说他是什么病，欲言又止，我也不好细问。说起来，慧明师父的表哥倒是有一副好生相，特别是走路时，步履缓慢，宽大的僧衣低垂，很有些古风。不难看出，年轻时，他应该是个特别强健的人。心想起来，人生还是多变的，此一时，彼一时，年轻时体壮如牛的男人现在竟然会虚弱成这样一副残败的模样。

慧明的表哥不爱说话，开口时声音细若蚊蝇，可他也是个好相处的人。有一次，不知怎么，见了我，竟虚弱地向我招手，示意我过去。我坐在他身旁，他便亲昵地拉住我的手，还轻轻拍打着我的手背。他的手很干燥，似乎没有水分，也没有温度，手上密密麻麻地布着新旧不一的针孔。

你这个人很好，我能看出来。

我愣了一下，不知他说这话是什么意思，他是从哪里看出我的好来的？

你有孩子吗？

有。我顿了一下，有三个。

哦，那你可有的忙了。

呵，是够劳心思的。

好，孩子总是多些好。你不知道，年轻时，我就想一件事，我想我以后一定要生很多很多的孩子，然后我就骑着自行车，嘴里塞个哨子，我一吹哨子，孩子们都跟在我身后跑。那多有趣。

听了这话，我不由笑了，他也笑，但他笑得很吃力，一笑，就低声咳。说这些话，显然耗费了他太多的力气。这是我印象中他说话最多的一次，其余时间里，他总是躺在那里晒太阳，悄无声息，就像一段没有了水分的鱼鲞。

慧明说得不错，虽然山前庵年久失修，显得破旧，但它背后的那座山的确是生得好。这山不算高，山势缓和匀称，呈环抱之势。山腰处，还有一个小水库，水质很好。风水里讲山为贵，水为财，依山傍水无疑便是一块福地了。另外，山脚还有三十亩竹林，山间风一动，竹影摇晃，很有些气势。据说，原先这片竹林都是庙里的私产。一九四九年以后全归了公。慧明师父说，以前的寺庙都有私产，可以出租维持寺里开支，不像现在，只能忙忙碌碌地靠着佛事过日子。

早年间，刚来这里时，慧明也动过大念头，想着出去化缘，将庵堂好好扩建起来。但后来，又觉得四处奔波过于劳碌，便放弃了原先的念头，稍稍修补一下，得过且过起来。慧明师父说，大寺庙有大寺庙的气象，小庵堂也有小庵堂的门路，庙大庙小，是前世的福报，她是认命的，只求个安稳清静。

我不知道慧明师父说的是不是真心话，反正我是不赞同她的说法。既然做了当家，怎么能不计划着将寺庙建大呢？没有大庙，哪来的香火？想着这些，我的脑子里突然闪过一个念头，如果让我来做这个寺庙的当家，我一定会想尽一切办法，将这里建成一个比阿宏叔那里还大的大寺庙。

当然，这样的念头也只是想想而已，我这样的一个空班乐众又怎么有可能成为一个寺庙的当家呢？

这是虚妄的想法。

第 十 章

1

二囡蹲在地上玩前几天落雨落下的积水，方长则坐在边旁的竹推车上，眼睛盯着二囡，看得认真。出门时，我特意唤了二囡一声，二囡，爸爸出门了。二囡却连头也没抬，只是口中"嗯"了一声，继续玩水。我有些无趣，又摸了摸方长的脸，方长，爸爸要出门了。方长将脑袋往旁边使劲歪着，似乎在责怪我将他的视线给挡住了。我觉得失望，对于我的离开，二囡和方长没有表现出丝毫的留恋。要是换作大囡，她肯定会恋恋不舍。这就是三个孩子的区别。也许是我和二囡、方长待在一起的时间太少了，我安慰自己。好了，不想这些了，现在我要赶到山前庵去，慧明师父打了电话让我过去。

到庵堂的时候，慧明师父就站在大门口等我。见了我，便说，你随我来，转身往楼梯走。我心里有些犯嘀咕，楼上是她的房间，照理，我是不应该去她房间的。我察觉出气氛有些不大对，似乎发生了什么大事情。我跟着慧明进了她的房间，房间很小，朝东开着一个窗户,下午,西晒日头是落不到这个房间的,一走进去,便能感觉十分阴冷。

这是我第一次进慧明师父的房间,房间装饰很简陋,靠着南墙有一张破旧的小凉床,北墙边是一张小条案,条案边立着一个四面平的榉木大橱,老漆斑驳。除此以外,房间里便没有像样的摆设了。

慧明师父进了屋,却不说话,坐在床上,只是朝着东边的那扇窗户向外望着。窗外,是一片菜地,有一个农民正蹲在地里侍弄着什么。房间里的气氛显得有些诡异,我不知道发生了什么事情,我在脑中猜测着。

他走了。许久,慧明师父才冒出一句话。

他走了,什么意思?谁走了?

慧明师父看了我一眼,伸手朝着那条破旧的条案指了指。我顺着她的手看过去,条案上是一堆印刷粗糙的经书,还有香烛盒子及其他一些杂物。在这些杂物中,方方正正地放着一个盒子。

他走了。慧明师父又说了一句。这一瞬间,我顿时领悟,这个盒子不是普通盒子,而是一个骨灰盒。他走了,是那个高大的僧人吗?那么大的一个人现在就装在条案上这个狭小的盒子里了?我浑身一阵地起鸡皮疙瘩,冷飕飕的。我将目光缩回来,这时,我注意到床前还摆放着一双宽大的鞋子,整整齐齐,这是那个僧人脱下的吧?我的耳边突然浮现出了他虚弱的声音。

慧明师父眼神茫然,呢喃道,生死有命,只是,太突然了。晚饭我们还是一起吃的,结果一躺下,他就没有再起来了。

这时，我才从惊慌中稍稍有些反应过来，赶紧安慰道，慧明师父，你想开些。

都是方外之人，还有什么想得开想不开的。慧明师父也稍稍调整了一下情绪，其实我今天找你来，是想让你帮我个忙。

什么事，你尽管说。

老实说，虽然这个庵堂香火不算旺，可毕竟我在这里待了这么许久，也是攒下些钱的。可我也不瞒你，我有个儿子，每个月我都要寄钱给他。我表兄劝我，年岁大了，得给自己留点养老铜钿。可我从来不听。现在，他走了，我才发现他说得对。我现在心也冷了，什么都不想，就只想带着他的骨灰回去。所以，我想再做一堂水陆，赚些路费。可你知道，我现在心思气力都没有了，想来想去，就想请你帮我张罗。

原来慧明说的是这事情，我说，慧明师父的事，我自然是愿意帮忙的，可我毕竟是个空班出身，就怕做不来。

这个我不担心，你是个有心的人，我看得出来。没有事，你尽管放心做，再说了，出出主意的气力，我还是有的。

我想了想，不好推辞，就应了下来。

慧明师父又说，其实他在时，几次跟我说起你，说你后生是个好人。说你对妻子好，对儿女好。对身边人好的人，就一定是好人。我也想好了，这次回去，就不再回来了。我年岁也大了，一个人待在这里，也凄凉的。我就想问问你，你愿不愿意做这里的当家，如果你有兴趣，我就将这庵堂留给你，也算还了你一个人情。

我愣住了，我疑心自己听错了。慧明师父说的是将庵堂留给我吗？

你也不要嫌庙小，只要你肯用心，赚点钱补贴家用还是够的。

我赶紧摆手，我不是这个意思。

慧明看着我，说，做不做这个当家，你自己决定。眼下，我也管不了旁的了，我只想把这堂水陆做圆满，赚了路费，我也就回去了。

慧明说得对，不管如何，眼下都得先将这堂水陆操持好。

很快，我们两个便做了分工，慧明负责联系斋家和僧人，剩下的大大小小事项则全部由我来做。眼下，最显眼的事情便是来人的吃住。僧众斋家，来的人很多，不能怠慢他们。于是，我便跟慧明师父商量，人来的多少，只管打地铺，只是被褥不够。我算过了，如果邀请的僧人们都应约来，那就需要三十床左右的被子。一下子买这么多的被褥是一笔不小的开销，而且水陆结束后，这么多的被褥也没有用处，更没地方储存。不如跟来参加水陆的僧人们商议，如果能自带被褥，寺里每天补贴五元钱。这样，明面上是多出了钱，可总账却是划算的。慧明赞同我的这个方法。随后便是吃饭的问题，我问慧明平日里做佛事，吃饭怎么安排。慧明说，一般的佛事，村里的信徒会来帮忙，但这么大的场面还从来没经历过，到时能不能供应这么多人的饭菜，她心里真没底。我说，按寺里眼下的设施，这么多人来，饭菜肯定是供应不了的。我觉得与其自己做，还不如在外面订餐。慧明说，既然交给你了，一切就由你做主好了。于是，我便出去联系了一家素食馆，让他们定时给我们送盒饭，价格我跟他商量好,平均每人每餐控制在四元钱。虽然这样的价格,对于素食馆来说,可能连成本都不够,但谈了几次,他们还是接受了这笔生意,我跟他们说,这是结了大善缘。

我做的这些事情,慧明都是看在眼里的,我能感觉出,她很赞赏我的这些做法。她明白我是在想方设法为她省钱。眼下,对她来说,钱是最重要不过的东西了。而我,也愿意用力帮她,我是存了私念的,我想尽可能地给慧明留下好的印象——好事情总是来得太突然,都让我有些不敢相信。我甚至有些担心,有一天,慧明会改变主意。

2

据传,水陆起源于梁武帝。一天夜里,梁武帝在睡梦中梦见了一位和尚,和尚告诉梁武帝,此时,六道里的众生正在受苦,作为一国之君,梁武帝应该做一场水陆去普济他们。醒来后,梁武帝有些恍惚,不清楚昨晚的那个梦到底是什么寓意。于是,他便找来一位高僧,一起在佛经中找寻答案。最后,他们找到了《阿难遇面然鬼王》这篇典故。典故说,一日,阿难遇见了一位瘦骨嶙峋的鬼王,这位叫面然的鬼王告诉阿难,用不了多久,阿难也会成为自己这样的恶鬼。阿难有些惊慌,问鬼王如何才能避免。鬼王便说,需及时布施阴间饿鬼,并供养佛、法、僧三宝,才能免去此灾祸。阿难按照面然的吩咐去做,最后果真避过了这场灾祸。梁武帝看完《阿难遇面然鬼王》的典故,便也照着做了一场水陆,布施恶鬼,供养佛法僧三宝。

也就是从那时开始，水陆成了佛教寺院里最隆重的佛事活动。

对于山前庵来说，水陆的确有些超出它的能力范围，但我还是努力让它有条不紊地运转起来。结界洒净，发符悬幡，奉请上堂，奉供上堂，奉表告赦，召请下堂，受幽冥戒，奉供下堂，放生，一直到最后一日，当接引亡灵同归极乐的西方船在庄严的念诵中燃起，这场盛大的水陆法会终于圆满。

水陆总共进行了七天，刨去开支，整场水陆下来，还剩下了三万三千七百元。这个成绩让我很是得意。事实上，虽然我和慧明有分工，但具体事务基本都是我在操持。无论是安排僧人吃住，还是购买香花灯烛贡品这样的小事，我都安排得井井有条。我暗自想，如果我真能成为山前庵的当家，我一定会是一个非常好的当家。

我将所有的善款用红纸包裹起来，去楼上禅房找慧明。可慧明却不在房中，打她电话，也无人接听。奇怪了。我又下楼去寻，寻了几遍，最后终于在寺院的围墙外找到了慧明。慧明靠着围墙坐着，脸被太阳晒得通红。我慢慢地走到她前面，将钱递给她。我说，僧人们的费用我都结算过了，总共还剩下三万三千七百元。慧明将钱接过去，点了三千七百元，塞给我，说，这钱你拿着。我推辞不要，我怎么能拿这个钱？慧明说，拿着吧，你也要用钱的。我想想，便将钱收了。

慧明眼神空洞地越过路边的茅草，落在田野里齐整的稻茬上，我看见她通红的脸颊上有两道白色的盐霜。我想了想，安慰道，你也不要过于哀恸，他去了西方极乐，总是欢喜的事情。

慧明歪了歪嘴角，呵，你相信有真正的极乐世界吗？

我愣了一愣，我相信的，极乐世界是最黑的，也是最亮的。那里没有人，又到处都是人。都是水，水底都是光。

慧明看了看我，笑笑，一副不相信的样子。我认真地看着她。

我见过。

慧明愣住，没再说话。

第二日，慧明便走了。火车票是我提早帮她买好的，我骑着庵里的电瓶车，送她去火车站，又送她去站台。当我站在站台上，看着火车呼啸着离去，我竟有些哀伤起来。我想我是再也见不到慧明了。我不知道，那个高大的僧人是不是真的是她的表哥，她对他的情感显然已经超出了表兄妹的范畴。他们为什么要离乡背井在这里驻守，到底发生了什么呢？很快，我便打消了自己的这种猜测，只剩感动。两个外乡人，离家到这里，是一件多么不容易的事。找一个人，相互陪着到死，这是多么大的修行。

回到家时，秀珍正在做饭，我偷偷走过去，从身后用力地抱住了她，我将头凑在她的脖颈上，尽情地呼吸着她身上的味道。

秀珍用力地摆脱着身体，大白天的，孩子在呢。我不听，还是抱着她不放。

你今天这是怎么了，怎么感觉有些奇怪。

我笑笑，在她耳边轻声说，秀珍，我要告诉你一个好消息。

什么好消息？

我有自己的寺庙了。以后我就不用做空班了，我可以自己做当家了。

秀珍一愣，怎么回事啊，你怎么会突然有个寺庙？

我便将慧明的事原本地跟她说了，可秀珍似乎并没有我期盼得那么高兴。

那你现在是真正的和尚了吗？

我摇了摇头，真正的和尚是要受戒的，我没受过戒，不算。

那你是不是以后要一直住在那里。

不会，只是会在那里待的时间长一些。你不会不高兴吧？

没有，秀珍伸手挽了一下几绺垂下的发丝，只是觉得有点突然。

3

我在家里只待了一晚，第二天，我便匆忙赶回了山前庵。我兴奋地绕着几间破旧的房子，转了一圈又一圈，怎么看也看不够。

不过，冷静下来，我却对慧明有了一些看法，这样一座古刹，即便没有精力建得宏伟，起码也要打扫得干净些。原先我还没怎么注意，现在一转，却发现里面到处都是垃圾。特别是靠南的那段围墙边，堆满了脏破的瓶子，家具的烂构件，几乎都走不过去。我甚至怀疑，这几十年来，慧明根本就没有打扫过这里。

我不能学慧明，现在这里属于我了，我要将它打扫干净才行。

因为缺乏工具，我便翻出一个化肥袋，装满一袋，我便用电瓶车载到村口的垃圾场倒掉，然后又返回庵堂，再进行清理。就这样，我像蚂蚁搬家一样，几乎用了整整三天的时间，将庵堂各处的垃圾全部收拾干净。清扫完垃圾，庵堂的南墙边竟被收拾出了一块不大不小的泥地。我将泥土翻了，种上了菜。旁边就是厕所，我可以用粪坑里的存货当肥料。收拾完了，我发现东面的围墙还有个洞，我又寻了些砖块石头，将洞填补回去。这个多年未曾收拾的地方似乎有着干不完的活儿，而我身上也有着使不完的劲。我喜欢这种感觉，这感觉很充实，这地方属于我，所有的努力都是能看得见的。

尽管是冬日，因为干了太多活儿，我却觉得热，身上脱得只剩了一件棉毛衫。我坐在寺庙的台阶上，汗水不断地从我身体里冒出来。看着变得整洁的寺庙，我很是满足。我朝四下看看，没有人，便忍不住地点了根香烟。我抽了一口，突然冒出个想法，我一直都没有法号，干脆就自己给自己取一个好了。透过烟雾，打量着整洁的庵堂，我又想，既然这里被我打扫得这么干净，那我就取个跟干净有关的法号好了。光光的，净净的，要不就叫光净？但转念一下，"光净"两个字听上去还行，写出来好像有些怪怪的，不像个出家人的名字。要不就取个谐音，叫广净吧。不错，这个名字不错。

我有些得意，又抽了两口烟，心想，以后我待在这里了，这庵堂也不能再叫庵堂了，要改成寺，山前寺。

正想着，眼前一晃，我看见有个老太太站在寺庙一侧的那个红石腰子门往里张望。我下意识地将手一垂，有些慌张，可别被她看见我抽烟。

我笑着向老太太招了招手，阿婆，进来坐坐吧。

老太太走进来，从头到脚地打量我，你就是那个新来的师父吧？

我说，是的。

她又探头探脑地向四处看了看，看见你一车一车地往村口运垃圾了。你这个师父倒是干净的，原先的慧明可没你这么爱干净。对了，师父叫什么？

我叫方……你就叫我广净好了。阿婆，你找我有事？

是这样，我那个儿子要结婚，却不跟我们做父母的商量，自己挑了个日子。现在的后生，一点规矩都不懂，这样大的事情就敢自己做主。我拿那日子去菩萨老爷面前问，扔了阴爻阳爻，可我看不懂那签书，就拿来让师父帮着看看。

听了老太太的话，我头皮有些发麻。我哪会解签啊。可这老太太是我在这里当家后来的第一个人，我又不能露怯。我稍微犹豫一下，跟老太太说一声，上楼拿来解签书，对着那竹签装模作样地看。

看了一会儿，老太太有些急了，探头看我的解签书，这书上查不出吗？

查得出的，你莫着急。

我在心里打鼓，怎么办呢？看着老太太迫切的神情，我咬了咬牙，算了，先蒙一下再说吧。

阿婆，是这样。这个签书上说，你儿子挑的这个日子冲二十四岁的蛇。你家里有二十四岁的蛇吗？

老太太摇摇头。

那二十五岁的龙呢？

老太太又摇头。我心里有些犯咯噔，总不能把二十四生肖都猜一遍吧？

那你家里有三十岁的猪吗？

这时，我看见老太太的眉头皱了一皱，我暗自窃喜，有希望。

我那儿子就是三十岁，属猪的。

阿婆，我跟你说，以后这样的事，你不要自己到菩萨面前扔阴爻阳爻，就来找我好了。这是我们和尚的事情，我们帮你去菩萨那里问。我们问来的日子，即便是冲属相，也没有关系，因为是菩萨挑选的，百无禁忌。

老太太点了点头，师父说得对，菩萨最大，菩萨挑的日子，还有什么不是？

我见老太太表了态，赶紧将话接上去。

要不，我现在帮你再挑一个？

老太太用犹豫的眼神扫了我一眼，她显然还不怎么信任我。

改日子是大事情，我还是先跟家里人商量下再说吧。

说着，她就迈着碎步离开了寺庙。我有些沮丧，这可是我做当家后来的第一个人。不过，虽然没留下什么香火钱，但毕竟是个良好的开始。她知道我是新来的师父，村里其他人自然也会知道。说不准，慢慢地都会来找我。就这样，我便回了禅房，等着香客上门。可让我失望的是，整个下午，就再也没有人来了。

半夜里，我突然醒来，醒来后，穿戴整齐，准备出门。打开门，一阵夜风迎面，突然明白我已经不用在半夜去送牛奶和报纸了。我有些恍惚，似乎心底里仍然不相信那样的日子已经永远地离去了。

我看了看手机，还不到四点。我重又躺回床上，靠着枕头点了根香烟。窗外有月光，从破旧的窗帘上漏进来，显得异常清冷。

这个房间就是原先慧明的房间，看着从嘴中不断喷出的白色烟雾，我忽然想以前慧明住在这里，那她的那个表哥会住在哪里？我在脑子里迅速地翻腾，想起自己整理寺庙时，并没有发现还有别的房间。我用力吸一口烟，又用力吐出去。我看着靠墙的那个条案，几天前，慧明表哥的骨灰盒就放在那里。想到此处，我忽然感到有些心虚，似乎慧明的表哥还在这个房间里，笑意吟吟地看着我。我将烟熄了，双手合十，念了几句阿弥陀佛。我不应该这样揣度慧明和她的表哥。

我起床，开灯。不睡了，我得出去走走。

寺后有一条山路，顺着这条山路，可以一直走到山顶。我穿过一段田埂，上了山路。夜晚的山上特别清冷，地上有一层薄薄的泛着月光的霜，踩在上面，还会刷刷地响。虽然有月光，但这月光却不清朗，天色微微亮，似乎里头躲藏着某种神秘的东西，混混沌沌的。鼻间有植物清冽的香味，时不时地还有一些奇怪的声音传入耳中，像是鸟叫，又不像是鸟叫，辨不清明，却很清亮。再往前走一会儿，月光下，可以看见到处都是墓冢，这些墓冢已在此处堆砌多年，除了突兀的隆起，它们的外壳已经和周围的景致生在了一起。

我匆匆走了一阵，忽然觉着心里没底，便重又回到了寺里。我靠在枕头上，又点了根香烟。我忽然觉得有些孤独，我想秀珍和孩子们了。此刻，他们一定还在睡觉。大囡睡觉老实，躺下是什么姿势，一觉睡醒还是什么姿势。二囡睡觉则爱磨牙，呲呲的，像在咀嚼什么东西。方长呢，最不老实，整夜都会乱动，一早起来，床上就跟闹过天宫一样。想起这些，我的心底有些悲凉，那都是我最亲的人，原本，我应该在他们身边。可现在，我却躲在这个阴冷寂静的寺庙里。时光倒退几年，我再怎么聪明，也一定想不到这样的境遇。

就这样，我靠在床上胡思乱想一阵，又稍稍打了会儿盹。再清醒过来时，外面已经有了天光，耳边还不时能听见村里传出的公鸡和狗的叫声。我起来，在房间里伸展一阵，下楼煮了菜泡饭，独自吃了。吃完了，天也就完全亮开了。

今天，我要到村里去转转。我是一个新人，我不能这样等着他们来看我，我得主动跟他们多接触，多熟络。我换了件干净的僧衣出门。走到田间，有农人在田里劳作，我笑眯眯地上前问候，在种什么呢？他眯着眼睛看我，你是新来的师父吧。我点头说，是的。哦，师父好。说完，他又低头继续忙他的农活。我想再说些什么，但看他的架势，似乎并不喜欢我打扰他劳动，只能作罢。

我硬着头皮走进了村里，此刻，许多人家都已经开门了。有人在刷牙，有人在厨房做饭。只要看见人，我便笑眯眯地主动上前打招呼。这个村的民风还是好的，看见我来，尽管不熟悉，但大多还是会客客气气地打招呼。当然，也有人看见我不理不睬的，像是我欠了他们债似的。我不能计较这些，对我来说，他们今后都是我的衣食父母。

就这样，我在村里转了一圈，虽然并未如我期望的和他们打成一片，但总算也是在村人面前亮了个相。起码，他们都知道山前寺里来了个新师父。

我回到寺里，期盼着有人来。可一个上午过去了，依旧没有人。这局面让我的心情变得很糟糕，我不知道问题出在哪里。中午躺了一会儿，觉得烦躁，索性回家。

4

晚上，躺在床上，秀珍问我，你那里怎么样，过得还习惯吗？

我说，挺好的，楼上楼下两层。旁边还有几亩地，种了蔬菜，想吃什么，就到地里去割。土质也好，割了的菜茬，几日便又能蹿出来。

秀珍说，你乱说，哪有这样的事。

我说，因为那里有高僧啊。

秀珍说，高僧，什么高僧？

我故意睁大眼睛，你不知道啊，那高僧就是我啊。

秀珍便拿眼睛白我。后来，秀珍睡着了，剩我一个人醒着。我觉得奇怪，几天没睡，这床似乎有些陌生了，怎么睡都不是那么回事。要知道，以前，就算我出去很长时日，回来后，一躺在这床上就觉得心平气和。可现在，我却像个陌生人。

我偷偷地起床，躲到厕所里。我暗自发愁，怎么办呢？怎么一个人都不来寺里，如果老是没有人来，接下去的日子可怎么过啊？我现在和以前不同了，以前不做空班，还有几份工作垫底，可现在，我和秀珍什么都没有了，就指着当和尚吃饭，难道是我选择错了？这一瞬间，我突然觉得现在还不如以前的生活。

　　我用力晃了晃脑袋，我可千万不能这么想，我不能走回头路。

第十一章

1

我到阿宏叔寺里的时候，那里似乎正在举办一场什么大活动，寺院里到处都挂着彩色的旗子，僧人居士往来不断，就像开什么展销会一样热闹。

见了我，阿宏叔有些意外，他说自己这里这几天正办一场大法会，之前，他还想着打电话给我，这一忙竟就给忘了。阿宏叔给我倒了杯茶，说，这下正好，你来了就留下吧，帮我做个乐众。我迟疑了一下，有些不好意思地说了自己做当家的事。

阿宏叔听了，很为我高兴，说，这可是好事。那个庵堂我是知道的，地方还不错。原先，我好些师兄弟都打过主意，要将那个庵堂拿过来，但那个尼姑不肯，没想到现在是你做了那里的当家。

其实就是个小庙，没什么花头的。

不怕小，慢慢做着就会大起来的。

我笑笑，想了想，说，阿宏叔，其实我这次来，就是来跟你……

话没说完，就有个人急匆匆地从外面走进来，在阿宏叔耳边低声说着什么。阿宏叔冲我抱歉地笑笑，不好意思，法会上的事太多。说完，便转头跟那个人商量起来。我坐在一旁喝茶，等着阿宏叔把事情说完。好容易等那人走了，阿宏叔又问我，对了，刚才你说什么？我说，是这样，阿宏叔，我这次来是要跟你⋯⋯这时，阿宏叔的电话突然又响了，他看了看手机，冲我做了个手势，不好意思，方泉，我接个电话，是个重要的客人。说着，他便按了接听键，对着电话说了起来。

不知道是两次说话被打断，还是其他什么原因，坐在一旁，我忽然觉得有些尴尬。我喝了口茶，发现自己这次来得有些不合时宜，或者说，根本就不应该来。原本，我是想着跟阿宏叔讨教下如何经营自己的那个寺庙，可现在，我突然发现这样做毫无必要。这么大的法会，阿宏叔作为住持，自然有许多事要忙，不像我这样的小庙当家，闲得可以数腿毛。再说了，就算阿宏叔不忙，我跟他请教，也没有丝毫意义。他经营的是这么大一个寺庙，而我那里，说到底，不过是螺蛳壳里做道场。这就好比一个上市公司和一个村办企业，我们之间有天壤之别，哪里有什么可借鉴的经验？

我坐在那里喝了会儿茶，失了兴致，便没再提寺庙经营的事。阿宏叔忙着法会的事，不时有人进进出出，也顾不上我。再坐一会儿，我就跟阿宏叔说自己想在寺里转转，阿宏叔似乎这才注意到房间里还有个我，连连抱歉，方泉啊，不好意思，法会的事情实在太多，没工夫照顾你，别在意啊。我赶紧摆手，说，哪里哪里。

我出了禅房，四下闲逛。此刻，寺庙里到处都是来往的僧人和信男善女，一个法会就能来这么多人，可见此间平日里的香火有多旺。我想，当年阿宏叔离开村里时，也不过孤零零的一个，可现在，他却做出了这么大的一个气象。我呢，同样也是村里出来，却如同丧家之犬。

我想，兴许这也是命中注定的，福报使然。就像进城，别人可能都赚了钱，买了房，过上了人上人的日子。可我呢，却没积起半点财。看着阿宏叔金碧辉煌的寺庙，又想想自己的那个山前寺，我忽然有些形秽起来。再转了转，便出了后门，准备独自下山回家。

绕过围墙，没几步的转弯处有一棵壮硕的野橙树，一个穿着宽大藏青色麻料衣服的女人拉着野橙树的一根树枝，一脚蹬着树干，一脚踩在边旁一块半人高的大石头上，正试图摘树上的野橙子。可她伸手试探几次，都没有成功。

哎，能不能过来帮个忙？

我一愣，扭头去看。

就是你，你能不能帮我摘下橙子，我够不着。

我点点头，说，你下来吧，我帮你摘。

女人低头朝地上看了一眼，似乎觉得太高，不敢下来，你过来扶我一下吧。

我犹豫了一下，便走了过去。女人将手搭我的肩膀上，用力蹬了一下腿，借着我的肩膀，跳了下来。我忽然觉得脸皮有些发烫，要知道，我可从来没跟秀珍以外的女人这么接触过。

我踩上石头帮女人扯了两个野橙子下来。我将橙子放在手中，觉得难看，疙疙瘩瘩的。我说，你摘这橙子做什么，又吃不来的，酸掉牙。

女人说，不是吃，是用来泡茶的。

泡茶？我有些诧异。

是啊，将皮切下一片，再切成丝，扔一些在绿茶里，香得不得了。你闻闻，香不香？说着，她就将橙子递到了我鼻前，我对女人的亲昵举动有些不适应，还没闻到，便将头躲开了。

香的。

女人将橙子又放到自己鼻子下闻了闻，又看我，你不是这里的常驻吧，我怎么没见过你？

不是，我是阿宏叔的侄子。

阿宏叔？哦，你说的是守元师父吧？

我点头，女人便朝我上下打量几眼。她从裤袋里掏出一个绿色的纸盒子，用手弹出一根细长的香烟，你抽吗？我愣了一下，点了点头，她便将烟递给我，自己又拔出一根。我们两个便站在一起抽烟。

你是来这里做空班的吗？

我摇了摇头，不是，就是顺道来看看，好些日子没来了。

哦，我还以为你也做这一行。

我犹豫了一下。

也算是吧，我自己也有个小庙。话一出口，我觉得自己多嘴，又补了一句，很小的庙，破破烂烂，跟这里没法比。

女人笑笑，说，你还挺谦虚。

没有谦虚，是真的小。

你的庙在哪里啊？

山前寺，就是山前村那里。

女人"哦"了一声，那里我知道的，我记得原先是个尼姑庵，我还在那里吃过素斋呢。我挺喜欢那个地方的，风景好。

我笑笑，没说话，心里想，风景好有什么用，风景又不能当饭吃。

抽完烟，我说，我要走了，阿宏叔忙，我寺里也没个人，我得回去照看着。

见我走，女人便要将摘下的橙子分一个给我，我不肯要。女人说，那好吧，算我欠你个橙子的人情。

我笑着说，这算什么人情。

女人让我给她留个号码，说什么时候去我寺里看看，于是，我们就相互留了号码。她说她叫周郁，问我叫什么，我想说我叫方泉，可话到嘴边，我又咽了回去。

我说，我叫广净。

2

回到山前寺，又待了几日，依旧没人来。我想着，反正也没什么事，索性还是回家待几天吧。说实话，这段时间老不在家里，我觉得几个孩子都跟我有些生疏了，特别是大囡，原本数她跟我最亲，可最近回去，也觉得没以前见我时的那种亲热劲了，就像跟我隔了层什么东西似的。我想，我得多陪陪他们，再大了，想法多了，就更生疏了。

正收拾衣物，手机响了，我接了，竟是阿宏叔寺里遇见的那个周郁。周郁说自己刚好经过山前村，问我在不在寺里，如果在，她就过来看看。我看了看刚收拾好的衣物，犹豫了一下，说在的。

过了大概十五分钟，我看见一辆红色的宝马从寺前的那条路上开过来了。下了车，果然是周郁。她和上次看到的有些不一样，那一次，她穿得素，今天却穿了一件橘黄色的皮衣，还戴着一副墨镜，显得洋气。

我将她迎进寺里，我这里的条件你也看得见，我也就不请你到禅房坐了。

周郁笑笑，就在桂花树下坐会儿吧，我也有事，待不了太久。

我便从厨房搬了两条板凳出来。周郁拔烟，递给我，我摆了摆手，说，被别人看见不好。周郁笑笑，便自己抽。

周郁说，守元师父说过了，说你楞严咒念得特别好。

我摆摆手，没有没有，瞎念的。

周郁看了我一眼。

守元师父说你好，那你肯定好，他可不是嘴上肯服输的人。还有，做这一行，千万不能太谦虚，谦虚了，香客是不会信你的。

不用信我，信菩萨就好。

在这里，信你就是信菩萨。

我一愣，不知如何接话。

对了，原先的那个尼姑呢？

哦，她回家了，她把这里留给了我。

挺好的，一个和尚能做到当家，也是大修为。

那也要看什么当家，像我这里，小村小庙的，也没什么香火，一个空头当家，哪有什么花头？

你说得不对，这世上没有小庙，只有小和尚。你知不知道守元师父原先的寺庙是什么样的？

我摇了摇头。

你要是见过他以前的寺庙，你就不会觉得自己的庙小了。他刚到那个地方时，不过就是几间破石头房，可你看现在，多大的排场。

那是阿宏叔的能力强，我不能比的。

能力强是能力强，也要讲机缘。当年，守元师父寻到那个地方，香火也不知道断了多少年，两间石头屋破烂不堪，一碰就能倒，可他就愣在那个石头屋里待了一年。一年后，来了几个上海人。这几个上海人原先下放时，一直住在那石头屋，这次是专程来怀旧的。守元师父一直陪着他们待了三天。也不知道他用了什么办法，那几个知青回去后，就跟一些朋友筹了款，建了这个寺庙。就这样，寺庙才一天天成了现在的气候。

听了周郁的描述，我没受鼓舞，反倒更加沮丧了。我苦笑着说，你看阿宏叔，不但能力强，运气又这么好，我怎么能比得了？

我觉得你有些悲观。怎么说呢，寺庙有没有香火，关键是要看当家的怎么经营。像你这样，刚做当家，起码别人还不熟悉你。你呢，不能总是坐等着人来，得想办法主动出击。现在不像以前，以前寺庙有寺产，可以指着这寺产过日子，现在都得靠当家的自己去经营。周郁想了想，我问你，你知不知道这长年累月的，寺庙里靠什么吃饭？

我摇了摇头。

做佛事。浴佛节啊，观音大士圣诞啊，佛欢喜日啊，只要逢上这样的日子，一般寺庙里都会做佛事。为什么做佛事？因为只有做佛事寺庙才有人气，有人气香火才能旺。说穿了，这经营寺庙跟经营企业是一个道理，企业的产品要卖出去，要先做广告。寺庙也一样，就算不挣钱，你也要将佛事做起来，只有铺垫下去，将知名度打起来，才会有人来布施。你想想，如果一点活动没有，死气沉沉一个庙，谁肯心甘情愿将钱给你？都说香客是衣食父母，可人家毕竟不是亲生父母，没道理平白无故给你钱的。

我叹了口气，我这里庙小，旁边的村子也小，就算办了佛事，也不会有花头。

你不要总顾忌什么大小的事情。庙小了，以后你有了钱可以将它建大。村子小，你以后可以想办法去把别处的人吸引过来，但不管怎样，前提是要经营。对了，今天是什么日子？

我想了想，二月初四。

你看，这不马上就到二月十九了吗，二月十九是观音的圣诞日，你这里又是观音道场，不正好可以借这个机会做一场佛事吗？

我说，其实我也想过这事，可最近一直没香火，我不敢做。

这有什么敢不敢的？

周郁想了想。

这样，你尽管放心去做，把规模做得大一些，到时我给你领人来。

我一愣，不知道她说的是真是假。

周郁猜出了我的心思，说，放心吧，守元师父那里，很多香客都是我带去的。

我赶紧连声感谢。

周郁说了一阵，又抽了根烟，要走了。我留她吃午饭，她说不吃了，她还要赶着去会堂。我听不懂会堂是什么意思，也没问。周郁起身，走进大殿，拜了拜菩萨，在功德箱里扔了五百元钱。看她放了这么多钱，我有些不好意思，连声道谢。周郁却说，你谢我干吗，又不是给你花的。说完，她又呸呸吐了几口，该死该死，不能在菩萨面前乱说话。

出了大殿，周郁又强调了一遍，佛事的事就这样定了，你尽管做，到时我带人来。

我答应了，送她出寺。她戴上墨镜，上了车。刚要走，她又将车窗摇了下来。

对了，这个事你不要跟守元师父提。

我一愣，不知道这事为什么还要瞒着阿宏叔。不过我没问，嘴里应了，摇摇手，目送着车子离开。

回到寺里，我异常兴奋，这可真是天上掉下来的大好事，正为这事发愁，没想到就出现个周郁来帮我的忙。莫非真是菩萨显了灵？想到此处，我便走进大殿，在观音大士前上了香，又虔诚地叩拜一番。

我回到房间，仔细盘算了一下。这要做佛事，村里人不知道不行，即便他们不来，也不能背着他们。周郁说了，让我做堂大佛事，那我就索性做个七天。

我找出张粗纸，写了佛讯：二月十九为观音菩萨圣诞日，为祝圣，本寺届时将举行为期七天的佛事活动，欢迎众弟子及善信随喜参与并相互转告，共沾法喜。

写好佛讯，我便带着糨糊出了门。我来到山前村村口，将佛讯张贴在了村口的那棵大樟树上。

回到寺里，躺在房间里，没高兴一会儿，我又开始担心起来。自己是不是有些草率了？这一堂七天的佛事可不是小事。我得准备各种花销，要买各种佛事用品，还要请外面的空班乐众，那么多钱，我都得垫下去，如果周郁带不来人，那我这个水漂可就打大了。哎呀，我怎么能凭一个一面之缘的女人的几句话就将佛讯贴出去，万一她只是跟我说笑怎么办？我觉得心里不落停，但现在不落停已经没用了，白纸黑字贴出去了，哪还有回转的余地。唉，这事闹的。

3

午休时，有人敲门。这可真是新鲜事，会有谁来我这里？

我起床，整理了下僧衣，开了门。门口站着一位老太太，我认得她，她就是上次来让我帮她看签书的那位。

师父啊，还记得我不？我是周阿婆，上次来找过你的。

记得记得，请进请进。

我赶紧将周老太太迎进房间。老太太进来后，半句话不说，倒先四处打量一阵。

周阿婆，您请坐。

老太太又四处看看，在房间里唯一一条破禅凳上坐下。

你在村口贴了佛讯，要做佛事？

我点了点头，是。

老太太说，这寺里不是刚做了一堂大水陆，怎么又要做佛事？

老太太的口吻听上去怪怪的，就像上级质问下级。我有些不悦，但我还是规规矩矩地答道，二月十九是菩萨的圣诞日，自然是要恭敬的。

老太太白了我一眼。

是不是那个慧明把做水陆的钱都拿光了啊？

我又一愣，竟答不上来，这老太太是来兴师问罪的吗？

我问你，你跟慧明是什么关系？

我没急着回答，我听出老太太话里的意思好像并非针对我，而是冲着慧明，于是，我就多了个心眼，留了半句话。

其实我跟慧明师父认识也不是太久，要说什么关系，倒还真说不上来。

如果没什么关系，那她为什么要把山前庵给你？

是这样，慧明师父要回老家，年纪大了，她也不想回来了。所以这个寺就算不给我，也要给别人的。

老太太似乎不大相信我的话，又盯了我一阵，看得我心里发毛。看一阵，周老太太的眉眼突然又柔顺了下来。

其实我也看出来了，你们应该是没什么关系，否则你也不会这么急着做佛事。我想慧明一定是没把水陆的钱分给你。哼，这个慧明，我早就看不惯了。一个尼姑，身边还带个什么表哥，鬼知道他们是不是真的表兄妹。她那个表哥，好几次在厨房里烧肉，那味道，我们在村子里就闻得见，我们都不喜欢他。当然，现在他人死了，死者为大，我也不好多说他。阿弥陀佛，阿弥陀佛。

老太太说话的时候，我就只是呵呵笑着，不敢说别的，怕说错话。

你这个师父看上去倒还是好的，干干净净，面道也忠厚。不像那个慧明，做了那么大的一堂水陆，居然把钱全拿走了，真是让人寒心。外地人，真心是靠不住的。

我看老太太对我印象不错，便套起了近乎。

周阿婆，我想问问你，我怎么觉得大家好像都不大相信我呢？

哼，为什么相信你？要是你和慧明一样怎么办？

和慧明一样？什么意思，我听不懂。

他们又不知道你的来路，万一你是慧明的什么人呢？说不定什么时候，也会卷了钱跑掉。

听到这里，我终于明白了村里人不喜欢慧明的真正缘由。我赶紧跟周老太太表明了自己的身份。

周阿婆，我是本地人，塘厂的，你去过塘厂吗？

老太太摇了摇头。

我没去过，但我知道那里很多棉田。年轻时，我们这里很多人都去那里种棉花。

对的对的。你看，我算是正宗的本地人了吧？本地人我还能走到哪里去？跑得了和尚，跑不了庙，你说是不是？

你说的道理也是对的，本地人总归还是本分一些。

周阿婆，我不知道我说得对不对，我第一眼看到你，就觉得你不是一般人，在村里，肯定是有地位的。如果你能帮帮忙，替我跟村里人解释解释，宣传宣传，一定会有作用。

听了我的吹捧，老太太显得很是受用。

你后生眼睛还是有的，以前村里的佛节，都是我帮着慧明拉来了。说起来，慧明这个人真是没良心，没香火时，天天供着我，左一口阿姐，右一口阿姐，叫得比蜜还甜。庵里香火好了，就开始对我不冷不淡了。我大度，心想都是给菩萨添香火，也没怎么计较。没想到她到最后，居然把大家给菩萨的钞票都给拿走了。你说说这像什么话，还是个出家人，也不怕菩萨不高兴。

我干咳了几声，兴许她也有自己的难处。

老太太见我替慧明说话，又不高兴起来。再坐一会儿，便要走了。我赶紧拿了几盒秀珍给我买的糕点递给她。

周阿婆，你拿着，这个红枣糕不费牙齿，老年人吃这个是最好的了。

老太太看了眼糕点，嘴里念叨着怎么好拿师父的东西，手上却已经接了过去。她满意地踩着碎步离开，我看着她，长长地松出一口气去。

不知道是不是那几盒糕点的缘故，到了下午，周老太太就带了许多村里的老人来我寺里念经。她们围着我，师父长师父短的，全然没有了之前的冷落。

周老太太显得得意，偷偷跟我说，广净师父，你放心，我跟这些老姊妹都说好了，你做佛事，到时我们都会来帮忙的。我跟你说，也就是你，换了那个慧明，我是不会帮她的，哼，我帮她拉了那么多佛节，几时送过我糕点？

我笑着说，周阿婆，这个事情真是全靠你了。

就这样，一群老太太坐在我这里，一边念经，一边说着闲话。临走时，又都掏出钱来，写了忏，买了香烛，请我烧给菩萨。

走到门口，周老太太又主动殷勤地说：

广净师父，你就放心好了，到了正日子，我们都会来帮忙的。

我赶紧再次道谢，恭恭敬敬地送她们出了寺院的大门。

4

佛事定了，各项工作都需操办起来。鲜花供果，香烛经忏，一样样要买齐。空班乐众，也要一个个打电话过去联系。说起来，也是亏了慧明师父的那一场水陆，让我攒了许多经验，这些事务才能安排得有条不紊。

可我最担心的还是周郁，她给我烧了把火，却再也没有音讯了。总要有个准信吧？来多少人，过不过夜，总得说清楚了。其间，我给她发过一个信息，询问这些事项，周郁却只回了几个字，尽管做你的。我苦笑，这算啥意思。我想再问问，但最终还是作罢，毕竟我们之间没有交往，不好追问得太紧。算了，听天由命吧。

一场佛事，最大头的便是人工，人工是给和尚道士的。这是我做当家后做的第一件大事情，虽不能铺张，但既然做了，也不能小气，和尚道士少过十人是不行的。人少了，稀稀拉拉的不好看。眼下做佛事的行情，人工是六十元一天，十个人，就是六百元一天的开销。七天佛事，拢共要四千二百元。此外，各种采购的花费，杂七杂八，两千元是打不住的。最后，还要算上帮忙的那些人。周老太太说，佛事时，村里的人都会来帮忙，不需要工钱。这我相信，一般人都会愿意到庵堂寺院里来帮忙，他们觉得这是行善积德的事。可是，就算帮忙，也不能一分钱不花。男的，一天一包二十元的利群香烟总要的，女的不抽烟，也要备些毛巾沐浴露之类的随手礼。这样盘算下来，一堂佛事，各种花销，七千元打底。

这样一笔账，指着村里这些人的香火，肯定不够。山前村太小，几十户人家，本就没有多少油水，加上慧明走时又做了那么一堂大水陆，将附近村庄的口袋都给掏空了，哪还有什么香火钱可剩？现在的指望，大半是落在周郁身上。如果她能从外面带来香客，情况就会好很多。说实话，我也没想着赚钱，但亏太多了，我也承受不住。

不说别的，就说秀珍，我一个人跑到这山坳里来当和尚，秀珍本就不高兴，如果到时还要自己贴钱，我怎么向她和孩子交代？

晚上，迷迷糊糊地睡了一阵，不知怎么的，就突然醒了过来。醒了，就再也睡不回去。我坐在床上，借着月光看见条案上堆满的那些香烛经忏，一阵烦心。我点了根香烟。抽了几口，觉得一股焦油味封喉。心情不好，连烟抽着也不对味。坐了一会儿，愈发难受，便穿了衣服，起身走到屋外。站在走廊上，用力呼吸了几口新鲜清冽的空气，身体似乎舒服了许多。我回过了神，将手扶在冰冷的水泥栏杆上，向远处看着，看着看着，不知怎么，心里突然生出了一股巨大的悲凉，这悲凉来得汹涌而深切，几乎将我推倒在地。

我觉得难受，下了楼，往大殿里走。

此刻，大殿里也是一片昏暗，只有顶上悬吊的油灯在昏暗中影影绰绰地摇晃。我站在大殿中央，迎着几乎看不清面目的观音大士，双手合十，沉沉地跪倒在蒲团之上。我将身体弯曲起来，额头贴着地面，在那一刻，我心底毫无祈求，似乎只是渴望能在菩萨面前将自己完全地交付出去。

我就这样长久地跪着，我身体里的血便一个劲地往头上涌，这让我觉得晕眩，痛苦。但我却不愿意起来，我说不清楚自己为什么这样做，似乎这身体上的晕眩和痛苦越清晰，我的心里反而能越好受一些。

就在一天天的焦虑中，正日子终于来了，周郁依旧还是没有一点消息，现在，我也不再怎么指望了。说实话，我不怪周郁，她并不欠我什么。

前三天的佛事由我住持，一切还算顺利，无论是拜佛诵经，还是吃饭住宿，都没出什么特别的状况。这一直都是我担心的，要知道，来参加佛事的人都是业余和尚，平素里，他们各操各职，有空就在各家寺庙走穴，无拘无束。我不能严苛，否则，他们就会不高兴，会撂挑子走人。但我也不能过于宽容，宽容了，他们就会得寸进尺，抽烟、喧哗、赌博，样样俱全，不得安生。要知道，村里的那些老太太对这个寺庙比我还熟悉，昼出夜伏的，要是被她们看见这些，我在山前寺的日子也就到头了。

不知道是不是前三天操劳过度，佛事的第四日，我竟发起了高烧，躺在床上，虚弱无比。接下去的佛事，我坚持不了了，没办法，我只能托付给一位师兄，自己则躺在房里休息。

临中午的时候，周老太来寻我，问我为什么不去吃午饭？我说自己身体不舒服，没胃口。周老太太一脸关切，说，哦呦，师父，这可不行，你要去医院看看，这寺庙刚翻了身，你可不能有事。我勉强笑笑，说，没事的，躺会儿就好了。周老太太依然不放心，下楼去给我煮了一碗红糖姜茶，还顺手拿了两个米馒头。她再三叮嘱，说自己就在楼下，有什么事一定要叫她。

说实话，周老太太还真是个热心肠。就在昨天晚上，她还拿了一千元钱过来，说这是她从村里募来的香火钱。这一千元钱，都是些零碎的小票。真是不易，村里的这些老人，本就没什么钱。前阵子，本就在水陆上花了不少了，现在又让她们掏出钱来，周老太太肯定是花了不少口舌。我拿了钱，对周老太太千恩万谢，还送了她一箱水果。她推辞了几下，还一再声明，自己做这些可不是为了这些东西。我说，我知道的。

我喝了姜茶，吃了米馒头，重新躺下。不知道是不是吃了东西的缘故，身上发了一阵汗，觉得舒服许多。正躺着，忽然外面乱哄哄一阵，不知发生了什么事。我一惊，担心是请来的僧人出了什么事，赶紧下床，跑到走廊上去看。院子里站了一大群陌生老太太，不知从哪里来的，叽叽喳喳地说着话，像是外地口音。在寺庙的围墙外，还停着一辆白色的旅游大巴。

这是什么阵势？我很是紧张，正了正衣襟，往楼下走去。走近人群，刚要开口，却看见了一张熟悉的脸孔，正是周郁，我一阵惊喜。周郁也看见了我，但她没先跟我打招呼，而是向众人介绍，这位便是我向大家介绍过的广净师父。

一群老太太扭头看我，有人还弯腰合十向我拜着，我赶紧还礼。

有人嘟囔，说这个寺庙这么破旧，我们还大老远跑来做什么？周郁便扭头跟那个嘟囔的人说话，陈家阿姨，你不要有分别心，房子好有什么用，关键是师父有修为。那个陈家阿姨听了，依旧不信服，狐疑地打量我，弄得我心虚无比。

周郁说，广净师父，你先带着我们参观一下寺庙吧。

我头一阵大，我这么个小寺庙，破破烂烂几眼就看光了，有什么好参观的？可我又不能驳周郁的话，只能忐忑地领路。走在人前，我忽然觉得有些形秽，就像一个身体残疾的人，要在人群前一件件地剥落自己的衣服一般。

周郁似乎看出了我的心思，依旧底气十足地帮我宣传着，你们不要觉得这个庙破旧，多少人想结缘，让广净师父翻修庙宇，他都不肯。广净师父是普陀山佛学院毕业的正经师父，一心向着佛的。你们觉得那些大寺庙就好啊？房子建得金碧辉煌，和尚却是冒牌的，那也能叫寺庙吗？

老太太们听了，对我的印象似乎改观了一些，一些人还啧啧称赞了起来。面对她们的眼神，我却心虚不已，我哪里上过什么普陀山佛学院？说人家是冒牌和尚，我才是真正的冒牌和尚。唉，这个周郁，怎么好这样说的，要是被别人看出破绽，可怎么收场？我觉得心跳加速，头皮一阵阵地冒汗。

周郁却像是丝毫体会不到我的尴尬，继续说道，出家人比的不是排场，出家人讲的是修行，僧人又不是建筑商、装修队，房子建那么漂亮做什么？你们看看广净师父的寺庙，虽然简陋，却很洁净。这才是真正出家人的样子。有个事情，本来我不应该说的，但现在广净师父在，我说了也无妨。你们别看师父住得这么寒酸，可师父家里却是做大企业的，他家的钱简直比银行里的钱还要多。可师父看不上，他天生就有慈悲心，愿意到这样清苦的寺庙里来修行，来度众生……

周郁不停地说着，我实在听不下去，便趁众人不注意，溜回自己的房间去了。我躺在床上，心里很不舒服。这个周郁怎么是这样一个人，嘴巴上简直安装了水龙头，什么话都往外流。她是居士吗？

不会是做传销的吧？虽然我知道，有时候要想别人结缘，得装些样子，但也用不着这样吧？我有些烦躁，下意识地拔出根香烟，刚想点着，又怕有人来，只得又装回烟盒子里去。

过了一阵，有人敲门。打开了，门口站着周郁和那个发牢骚的陈家阿姨。我赶紧作揖，将两人迎进来。陈家阿姨进了房间，四处打量，似乎在确认一些东西，最后，终于嘴里发出了唏嘘的声音。

广净师父可真是清苦的。

周郁说，陈家阿姨，我没有骗你吧，这是有真修为的师父。陈家阿姨频频点头。我在旁边听着周郁又在胡说，又一阵的尴尬。

也谈不上真修为，小庙就是这样。

周郁斜了我一眼，赶紧接话。

你看师父多坦诚，一点不装腔作势。

陈家阿姨点点头，赞赏地看我一眼。

师父啊，我这次来，主要是想问问我儿子的事。

哦，好的好的，你问你问。

我儿子呢，开了家模具厂，往年生意都好，可今年不知怎么回事，冷清得很。他压力大，说再这样下去，要换行当了。可我想，这行当可不能乱换，万一换错了可怎么办？所以，我想让师父替我问问菩萨，我儿子这模具是不是还能做，如果能做，几时能好起来？

听完陈家阿姨的话，我心里有些发虚，我哪里懂什么模具的事啊？我偷偷看周郁，希望她能帮我解围，可她却在低头看手机，丝毫没理会我。我想了想，应道，既然你儿子一直做的是模具行业，换别的行当，风险也大。我觉得，都有风险，做生还不如做熟。

陈家阿姨连连点头，我也是这么想，可生意那么差，养着那么多工人，总是心慌慌的。

这时，周郁突然将话接了过去，陈家阿姨，生意好坏倒是正常的，就怕问题不是出在生意上，而是生意外。特别像你们家，都是信佛的，如果有人平日里做了什么不敬神佛的事，惹得菩萨不高兴，也是会影响到生意的。广净师父，你说是不是这样？

我看了看周郁，点了点头。

陈家阿姨心慌了，那怎么化解啊？

周郁说，你可以让你儿子在广净师父的寺里打一场水陆啊，肯定有用。

哦，师父，那一场水陆大致要多少钱啊？

周郁说，广净师父这里的水陆比别家花钱要少许多，大概十万块就够了。

周郁开口了，没办法，我只能也跟着点了点头。说实话，我心虚极了，这一开口就是要十万，我真觉得自己像个空手套白狼的骗子。

听了价格，老太太显得有些犯难。

要十万元啊，也不知道我儿子是不是情愿。

我一听，赶紧接话，没事的，老太太，你可以先上个忏，捐些香火钱出来，先结个佛缘。等到你儿子模具生意好起来，你再回来做水陆答谢菩萨，也是一样的。

陈家阿姨听了很高兴。

这倒是个好办法。师父放心，如果我儿子生意能好起来，我一定会回来做场水陆。

随后，她便从包里掏出皮夹，取了两千元给我，说，那我就先上两千元的忏吧。

我接了钱，扭头看周郁，她似乎不大高兴，撇过头去不看我。我明白她的意思，可那十万元，我实在是不敢要。

我送周郁和陈家阿姨到了门口，临走时，陈家阿姨突然又问我，对了师父，听说你小时候，生下来一直哭，直到后来来了一个和尚，摸着你的头，念了一段楞严咒，你才不哭。是不是有这么回事啊？

我愣住了，看见周郁抿着嘴似乎在笑。我尴尬地撇了撇嘴，没应声。

陈家阿姨说，师父天生有这样的佛缘，真是难得啊。

我站在楼梯口，目送着她们下了楼梯。我觉得有些奇怪，似乎陈家阿姨说的这个故事很是熟悉，可一时我又想不起来是在哪里听到过。我回房，将陈家阿姨的钱和周老太太的钱放在一起。就在这时，我的脑中一闪，呀，陈家阿姨说的，不就是活佛济公的故事吗？以前电视里天天放的。我有些哭笑不得，这个周郁，竟然把我说成活佛了。

到了第二日，周郁又带了另一批香客来。这些人都不住宿，只是中午吃一顿素斋。这倒省下我许多事情。我都奇怪，周郁怎么这么神通，哪里寻来这么多客人？这些人衣着光鲜，出手大方，不但在功德箱里捐钱，上忏，甚至还花钱点灯。点灯和添丁同音，意为家里人丁兴旺。这也是周郁的主意，当时，我想阻止周郁这样做，我觉得这样不是很妥当，点灯是太平焰口才做的。可周郁却劝我，说没关系的，只是讨个口彩，不要过于循规蹈矩。

让我意外的是，周郁带着香客来的第二天晚上，周老太太来了，不但来了，居然又拿来两千块钱。周老太太说，这都是村里的老太太拿来结缘的。我说，周阿婆，不是已经拿来一千了吗？周老太太说，不一样的，不一样的，多多益善。随后，她便向我打听外面的客人是哪里来的，捐了多少香火？我留了个心眼，含糊地说，没多少，总共也就两千多些。听到此处，周老太太紧张的神情才放松下来，脸上露出不屑的神情，才这么点钱，听说还有上海人呢。大城市来的人，竟然也这样小气。

5

佛事完了，寺里也便空了下来。我回家待了几天，这些日子，可把我折腾得够呛。

这次回家，我感觉不出孩子们见到我有多高兴，也感觉不出有什么不高兴，对于他们来说，我似乎已经不是什么特别重要的人了。不过，我现在也接受了这一点，一个不容易见到的父亲，怎么能奢望孩子会跟他多亲？

到家的第三天，周郁就给我打来了电话，约我出去喝茶。这是意料之中的,她应该是要跟我结算佛事收入的事。这是行规,就好比公司的业务员,生意成了,自然是要提成的。这钱我给得情愿。这场佛事大大超出了我的预期,最后一算,吓了我一跳,竟有一万八千元的善款。刨去人工和各项花费,还剩下差不多一万元。其实,一开始,我还对周郁有些看法,她没跟我商量,就擅自编造了我的故事,甚至还将济公活佛的事情套在我身上。我都不敢想,她还对那些老太太们说了别的什么,想起这些,我就如坐针毡。但最后,我还是理解了她,如果不是她这样做,我这样一座小寺庙,哪里结得来这么多善缘?本来我想着私下跟她道个谢,然后给她封个红包。但她带了人来,放了钱就走,似乎是怕我留她一样。现在她打来电话,正好将钱分给她。

我跟秀珍交代一下,便匆忙地出了门。

到茶馆时,周郁已经在了。她穿着一身土黄的亚麻衣服,坐在中式装修的茶馆里,倒有些不食人间烟火的意味。我从未去过茶馆,进了这样高级的场所,自然有些怯场,周郁看出了我的拘束,便主动地跟我推荐各种茶。我看着茶单,突然里头跳出一个名字。我便说,那我来杯铁观音吧。

坐下后,周郁丝毫不提那堂佛事的事,反倒跟我说了些闲话。周郁说,自己以前有个上海的朋友,一直信佛。有一年,和丈夫离了婚,又生了病,便没有心思在城里住,跟她商量,想找一个寺庙清静一段时间。最后,她四处托人,介绍到了阿宏叔那里。朋友住了一段时日,对那里很满意。后来,每次来都让她陪着去。就这样,一来二往，她跟阿宏叔熟识了。

守元师父的嗓子很漂亮，我那个朋友还专门录了他的声音，开车的时候听一听，心会静。她说有时甚至恍惚，那就是佛音了。

我假装认真地听着，心里却想着怎样将佛事的钱给她。趁着她喝茶的当口，我便将话题引过来。

这次的佛事可真是要谢谢你了。

没什么，小事情。

我便从口袋里取出早已经准备好的五千元钱，推在她面前。我有些局促地说，我也不知道规矩，多了少了的，你可不要见怪。

周郁看着我手里的钱，愣了一下，突然就笑了起来。

你不会认为我今天找你是为了这个事情吧？

我赶紧摆手，不是不是。

周郁看了看我，行了，把钱收回去。我说过了，小事一件。再说又不是我出的钱。

我说，这不是钱的事，你帮了我这么大的忙，你不收，我良心不安的。

周郁想了想，将钱拿起来，点了五张，然后把剩下的递还给我。

这样吧，我拿这五张，当茶钿，算你请我喝的茶，这样可以了吧？

周郁这么说，我也不好再坚持什么，只能将钱收起来。

随后，周郁又跟我闲聊，问我几时做的这一行，有没有成家之类的。周郁对我这么诚恳，我自然也不好隐瞒她，便如实说了自己的事。我说了自己和妻子来城里寻生活,说了阿宏叔介绍我做这一行,还说了自己的三个孩子的事情。没想到,等我说完,周郁的眼圈居然红了,用餐巾纸小心翼翼地擦着眼眶。

回家的路上,我突然想起了一件事,上次周郁跟我说,让我不要跟阿宏叔提她帮我拉佛节的事,这是为什么,难道她怕阿宏叔?

回了家,秀珍正在拖地,见我回来了,便随口问道,怎么去了这么久?

哦,一个朋友约我去茶馆谈了点事情。

秀珍应了一声,便不再说话,继续拖地。让我觉得奇怪的是,此时,看着秀珍,我心里却莫名其妙地一阵发虚,随后,我便脱口而出:

是以前送牛奶的一个朋友。

秀珍听了我的话,抬头奇怪地看着我。我马上意识到自己做了一件傻事,我在心里暗骂自己,干吗要这样此地无银三百两。不就是喝了个茶吗,又没做什么见不得人的事,这么心虚做什么?

第十二章

1

在家待了五天,我便回了山前寺。

事实上,从回到家的那一刻开始,我便开始想念山前寺,我想念寺庙里的檀香味,想念佛事时的那些热闹。总之,如今的山前寺,竟如同一个我热恋的姑娘一般,让我日思夜想。在滑过这个念头的时候,我有些心慌。一直以来,我都觉着住在家里才是最好的,有个好老婆,几个好孩子,我什么都不用想,只要努力赚钱,让他们过好。可现在,这样的生活,似乎已经满足不了我了。

我不知道秀珍会不会察觉到我的这些想法。听说我要回寺庙,她便给我准备换洗的衣服,还准备了一些吃食。我让她不要拿这些,寺里什么都有,这些东西留给孩子们吃。可她似乎听不见,只是给我装。

二图和方长听说我要走,一人抱住我一条大腿,不肯让我前行半步。这两个馋嘴孩子,这几天趁我在家,每日里生煎包子、零食任着性子吃，他们自然是希望我待在家里的。唯独大囡，见我要走，丝毫不在意，就像对待陌生人一样，只顾坐在门口写作业。走出门的时候，我还几次偷偷扭头看她，我期盼着她也会偷偷看我。但她没有。

秀珍送我出门，路上，我说起了大囡的事。秀珍支吾几句，开口道，大囡已经知道你做和尚的事了。

我一愣，她怎么知道的？

那天，她突然问我，爸爸是不是做和尚的。我一时回答不上来，就问她是怎么知道的，大囡说她有个同学是山前村的，你去开家长会时，他爸爸见过你。

我一愣，怎么会这么巧？

秀珍叹了口气，其实，大囡跟你最亲。可是，换个角度想，也得理解孩子。你说，一个孩子，知道爸爸在当和尚，她怎么能接受？我那天还问她，我说，大囡，你怎么从来不带朋友来家里玩？你猜大囡怎么说？她说，要是我带人来，别人问我父亲是做什么的，我又该怎么说？

我低头想了一会儿，说，秀珍，你知道的，我做这一行不为别的，只是想多赚些钱让你们生活过得好一些。如果孩子们觉得我做和尚给他们丢脸了，那是他们还小，到以后，他们会明白的。话说回来，就算不明白，也由他去了。痴心父母古来多，孝顺儿孙谁见了？我想明白的，我不求儿女们理解我，只要我这个做父亲的心里无愧就行了。

听了我的话，秀珍便低了头，不再言语。

回到山前寺，我稍微打扫了一下，几日不来，各处又积了些灰尘。打扫完毕，便是中午了，我便到厨房做饭。没一会儿，便有人找上门来，是周老太太。

广净师父，你怎么不说一声就走了？

我一愣，随后我便有些不高兴。这周老太太话里有话，我为什么不能走？难不成要将我扣押在这里，寸步不能行吗？我没好气地回了一句，我长着脚，自然要走路的。

周老太太一愣，师父这话说的，我可不是那个意思。你看之前寺里出了慧明那个事情，现在你这里刚做了佛事，就没了人影，村里人自然是要议论的。

周老太太的话虽然不中听，但也有道理，我便缓和了一下口吻，说，周阿婆，我不是跟你说了吗，我是本地人，我能走哪里去啊？

那是，我是相信你的。别人问我，我也是这么说的。

我想了想，说，周阿婆，你先坐会儿。说完，我便去楼上拿了箱饼干下来。这是秀珍让我平时当点心的，周老太太见我拿了饼干下来，一定推辞不要。

我每次来都拿师父东西，罪过的。

这算什么，又不是什么值钱的东西。再说，你也算我的长辈，孝敬长辈不应该吗？

周老太太听了我的话，便笑着收下，转身走了。过了不多时，她又回来，还带来了好几个老太太，拿着些新鲜的蔬菜和菜籽油。

周老太太面露得意，我跟她们说师父回来了，她们就非要过来看看。我连声感谢，心里却暗自不高兴。我疑心这是周老太太私下里跟她们讨来的，她要还我的人情，自己又不肯花钱。

几个老太太一到，纷纷洗菜做饭，就像到了自己家一样。

广净师父，不是我们夸你，以前的那个慧明，跟你真是没法比。你多勤快，看这寺庙被你打理得清清爽爽的。慧明就不行了，又懒又邋遢。说句不好听的，有时候连佛前的贡品，她都懒得吃，盖上厚厚的灰尘，真是造孽。

我呵呵笑着，没接话。她们总是将我和慧明对比，我不喜欢这样，就像那个慧明师父是个十恶不赦的人。

好容易等着她们将饭菜烧好，我假意留她们吃饭，这时，她们倒识相起来，都说自己已经吃了，不打扰师父吃饭，一起走了。站在门口，我忍不住冲她们作揖，阿弥陀佛，总算耳根子可以清净一会儿了。

我盛了饭，坐下刚要吃，不想又有人敲门。我有些愠怒地放下碗筷，这个周老太太还真是没完没了了。起身开门，门口站着的却是周郁。周郁看着我，有些奇怪。

怎么了，好像不大欢迎我？

没有没有，请进请进。

我将周郁迎进来，拉过一条骨牌凳。这骨牌凳扔在一角，好久没用了，都是灰，我就用袖子擦。擦干净了，一抬头，发现周郁正在看我，我有些不好意思地笑笑。

你吃饭了吗?

没呢。

那正好一起。不过菜不好,不知道你来,要知道,我就多烧些菜了。

在寺庙里还讲究什么,难道大鱼大肉啊?

我就笑。吃了一阵,我又想起了那天喝茶的事,我很想问问那天她找我是不是还有别的什么事。但话到嘴边,又觉得不妥当,就着饭咽了。

吃饭闲聊的时候,我得知周郁有个小工厂,专门就做香忏这些佛教用品。不过,她说她不靠这些赚钱,只为结个佛缘。现在,她主要是在做会堂。

我不懂会堂是什么意思,周郁便跟我解释,说,会堂就是落会的地方。有人出头组织,弄一个会,然后大家就每天往这会里喂钱。喂好钱,就进行暗标,谁出的利息高,这个钱就借给谁,直到会期满的时候,再将钱还回来,众人得些利息。怎么说呢,其实就是拿利息借钱一个道理。

我听了一阵,还是有些发蒙。

这怎么会挣钱呢,拢共不就那么几个人、那么几块钱吗?难道钱还会生钱啊?

周郁笑着说,那么几块钱?你是没见过喂会的那个场面,那钱可都是用大笸箩盛的,一般人看见都会被吓到。

我还是没听懂,不过,听不听懂又有什么关系,反正我听明白了,周郁很有钱,而且,她似乎也愿意帮我。对我来说,这是最重要的事。

从这一天开始,周郁便时常到我寺里来,每次来,总会带些水果糕点什么的,从来没空过手。来了,也没什么具体的事,上个香,往捐款箱扔些钱,然后就坐下抽烟,不咸不淡地说些话。她应该是很忙的,坐那么一会儿,手机却响个不停。听口气,都是跟她的会有关。

来得次数多了,我对周郁也了解了一些,她并不瞒我。她结过婚,她对男人赤诚,男人却对她不好,后来就分开了,两个人也没有孩子。周郁说她挺羡慕我的,对老婆孩子那么好,女人最重要的就是要找到一个好男人。听到此处,我心里咯噔一下,我不知道她为什么要跟我说这些。似乎话里有话,但我不敢深想。

又一天,周郁带来了一个人,说是象山的一个船老大。船老大长得粗壮,脸膛黑红,身上还带着一股淡淡的海腥味。

船老大姓马,今年刚新打了一条大船,可新船下水后,几次出海,都没有什么好收获。出海的成本很大,每次都要亏十几万,他便有些着急。后来,听周郁介绍,说这里的菩萨很灵验,便打算过来做七天七夜的佛事。

广净师父,周郁说来你这里做佛事,没有不灵验的。出家人不说谎,你告诉我,是不是这样,如果真是这样,我就直接把钱放你这里了。

看着马老大的样子,我有些发怵。周郁不应该把话说得这么满,这种事怎么好打包票的?我知道海边人彪悍,虽然花钱爽气,可要是得罪了他们，没准就把我这个小庙给掀翻了。

我没有应马老大的话，让周郁过来帮我倒茶。倒茶时，我趁马老大不注意，偷偷问周郁，如果接了这佛事，万一打不到鱼该怎么办？周郁却满不在乎地说，这有什么，打不到，就继续做佛事呗，东海那么大，总会碰到鱼的。

尽管周郁这么说，可我还是很心虚。原本周郁跟马老大谈好了，整堂佛事，他出二十万。可马老大跟我谈的时候，我却自己将价钱压到了十万。我心里实在是没底，说实话，这十万元，我已经是冒了天大的胆子了。

我能看出，周郁很不高兴。这我能理解，她给我寻这么大一个香客不容易。可我有自己的顾虑，不管怎样，这里是寺庙。不能太出格，我没法保证做了佛事，马老大出海就能满载而归。我是需要钱，可头上三尺有神明，如果要得太狠，我真怕菩萨老爷会不高兴。

最后，马老大留下十万现金，和周郁一起离开了。我将那十万元现金整齐地堆垒在那张放过慧明表哥骨灰盒的破旧条案上，然后我就躺在床上，远远地看着它。这一刻，我对自己感到有些意外，我对钱的热情似乎并不如我期待的那样蓬勃。这一堆红红的纸币，就像与我无关。我是个胆小的人，以前无论是骑三轮车，还是送牛奶送报纸，虽然辛苦，可拿到手的，都是踏实的，一分一厘，我都清楚它的来龙去脉。可眼前的这些钱，来得太不讲道理了，让我心里没底。

算了，拿都拿了，眼下最要紧的还是要做好这场佛事。

我在脑中盘算了一下，这样一场佛事我该怎样安排，要请多少人，要花多少钱。可盘算来盘算去，脑子里却始终是一笔糊涂账。对我来说，这笔款子实在太大了，大得让我无从着手。想来想去，最后我想到了阿宏叔。这样的场面，对我来说是难题，对阿宏叔来说，无疑就是轻车熟路了。

我给阿宏叔打电话，说了佛事的事，我说自己都不知道钱该怎么花了。阿宏叔就在电话那头笑，问了我具体的日子，阿宏叔说，那时节我正好空，这样，这是你的大事，到时我过来帮你当维那吧。我听了，高兴得不行，阿宏叔肯来，这堂佛事就是万无一失了。

挂电话时，阿宏叔突然漫不经心地问了我一句，对了，方泉，这么大的香客，你是怎么找来的啊？

我愣了一下，突然想起周郁跟我叮嘱过，不要将她告诉阿宏叔。可阿宏叔帮了我这么大的忙，他问起了，我怎么好瞒他？我想了想，这也不算什么紧要的事，说了应该没什么大碍。如果瞒着，日后被阿宏叔知道，反而更加难堪。

这个佛事是周郁给我介绍的。

阿宏叔一愣，周郁？哪个周郁？

是在你寺里认识的，就是上次你做法会那一次。

阿宏叔在电话那头微微沉默了一阵，说，哦，那个人，我知道的。随后，又说了几句，便将电话挂了。

挂了电话，我又回味了一下阿宏叔刚才的那句话，似乎话里并没有不高兴，但细细辨别，好像又有些不高兴，我搞不清楚。我有些后悔，或许我真不应该将这事告诉阿宏叔。

2

好了，现在我要开始筹备这场佛事了。

我算过了，这场佛事，我起码要找三十位空班才够撑住场面。这么多人来，吃饭睡觉是大问题，还是用老办法，跟素斋馆联系，让他们送饭菜。不过，这次不能那么省了，每份饭菜，我给他们十元的标准，钱多一点没问题，但菜要做得像范。被褥我也不打算让他们自己带，我联系好了，一百元一床，买五十床。反正买了，以后也可以用的。长远看，贴钱让他们自己带，反倒不合算。另外，这么多人来，房间是个大问题。楼下倒是还有一间空房，一直没用过，堆积着杂七杂八的东西，一直没静下心思弄，正好趁这个机会。我雇了两个外地工人，给他们一天二百元的工钱，花了整整两天的时间，将这个房间给整理了出来。还有，就是打杂的人，这么大场面，端盘洗碗，递茶送水，没有打杂的人不行。原本，我是想叫周老太太找村里的人来帮忙，可细想，又觉得不合适，这个佛事是那个船老大包去的，跟她们无关，她们也未必愿意帮忙。于是，我便又出钱，去家政公司雇了两个人，也是按日点工，一人一天二百元，帮着料理各种杂事。

好容易将一切准备妥当，到了佛事前的第三天，我又给阿宏叔打了个电话，跟他确认他上门的日子。让我没想到的是，电话一接通，阿宏叔便连声抱歉，说他要赶着去普陀参加法会，时间撞上了，我的佛事他来不了了。阿宏叔的话就如同晴天霹雳一样，这么大的场面，他要是不来，我怎么撑得住？在电话里，我几乎用哀求的口气跟阿宏叔说，希望他能想想办法，周转一下。阿宏叔很是为难，解释道，不是他不愿意帮我忙，实在是普陀山的法会太重要，要是不去，可能会影响他寺庙的前景。阿宏叔这样说，我也不好再坚持了。

挂下电话，冷静了一会儿，我忽然想，阿宏叔的这个事是不是跟我提了周郁有关？想到此处，我赶紧拨打周郁的电话，可不想，她却关了手机。这可真是愁死人了，怎么都这样，早不早晚不晚的，全撞在一起了。

尽管被弄得焦头烂额，但佛事还得继续。钱已经收了，箭在弦上，是断没办法反悔了。一想起马老大那副健壮的体格，我的心里就直打鼓，他这身板，一使劲，估计能把我的手腕给捏碎了。

我躲在房间里点了根烟，理了理思路。眼下，最要紧的还是要找一个能维持得住场面的人。想来想去，我想起了油盐寺的长了师父，我第一次做空班，就是在他的寺庙。长了师父这个人还算不错，后来，他也常叫我去他那里做空班，做乐众，来往多了，自然也有些交情。最重要的是，他经念得好，做事情也是规矩认真，在这一行，颇有些威望。行，就找长了师父了，眼下，他实在是再适合不过的人选了。

我赶紧联系长了师父，令人高兴的是，他一听，就爽快地应了下来。搁下电话，我还是不放心，阿宏叔的事已经让我有些杯弓蛇影了。不行，光打电话还不够。于是，第二天一早，我便又坐车去了油盐寺，将长了师父接到了我的寺里，这才算真正将心肠落在了肚子里。

佛事终于可以进行了。不知道是不是之前的那些意外，这堂佛事开始后，便总磕磕碰碰的，不那么顺利。特别是第三天头上，一个乐众竟然不小心将供桌上的烛火给打翻，一下子把佛前的幔帐给点燃了，幸亏旁边一个空班活络，跳上供桌，一把将幔帐扯下来，才没有酿成大祸。但这么一闹，佛堂里便乱哄哄一片，不成气象。当时，我看见马老大站在人群里，脸都青了，幸亏他没有当场翻脸，否则我真不知道如何收场。好容易等到第六日，就剩一天了，终于以为这场佛事可以顺利结束了，没想到又有两个空班因为打牌时怀疑对方偷牌，在禅房里扭打在一起，最后，又有三四个老乡参与进来，弄得差点报警。没办法，我只能下狠心将几个人逐出寺庙，没想到这几个人都不是省油的灯，见我要赶他们走，便耍了无赖，在寺庙里闹。实在没有办法，我只能又每人赔上一千元钱，才赶在最后一日的佛事前平息了事情。

虽然出了很多意外，花了许多冤枉钱，佛事总算还是完成了。结束时盘账，马老大给的钱还剩下了三万多元。可拿着这钱，我却觉得毫无意思。

佛事过后，调整了一日，我便买了一些茶叶糕点去长了师父的油盐寺答谢。这一场佛事，幸亏有了他的帮忙，否则真不知道还能找谁收场。

我们坐在禅房里喝茶，长了师父说我气色不大好，我苦笑一声，答道，你不是不晓得，这一堂佛事弄得鸡飞狗跳的，要不是你帮忙，我都不知道怎么熬过来。

长了笑笑，应该的应该的。不过，话说回来，你也是马虎，这么大一堂佛事，居然临开始时才跟我说，幸亏我空着。

我叹口气，长了师父，我也不瞒你，并不是我想这样，实在也是没有办法了。

随后，我便将整堂佛事的来龙去脉跟他说了。

听完了，长了师父直皱眉头。

广净啊，你知不知道，你犯了这一行的大忌了。

我叹了口气，我明白的，我不应该心存贪念，接这么大一场佛事。一个人实在不能去求超过自己福报的事情。

长了怔了怔，我说的不是那个意思。

我也愣住了，不知道他指的是什么。

现在，你也是个当家和尚，那我就先问你个简单的问题，你告诉我，为什么有些寺庙香火那么好，有些寺庙的香火就旺不起来？

我想了想，是因为有些寺庙大，有些寺庙小？

长了摇了摇头。我又想了想，有些师父经念得好，有些念得不好？

长了笑了笑，说，广净啊，虽然你现在也当了家，但你根本就没弄懂这一行究竟是怎么回事。香火好不好，归根结底在于寺庙的护法。好寺庙都是有好护法撑着的。

护法？我有些发蒙，事实上，我还是第一次听见这个名称。

长了师父继续说道,我打个比方吧,这护法就好比是一个公司里的业务员。公司的业务靠什么,不就靠业务员吗?只有拉来了好业务,公司的生意才会好,这样说你能明白吗?

我点了点头。

这几年,你的那个阿宏叔,也就是守元师兄,他那么红,不仅寺庙越来越大,还当上了佛教协会的会长,他靠的是什么?光靠他自己吗?不是,他靠的就是有几个好护法。像守元这样的寺庙,要是靠着附近几个村庄的香火吃,根本就吃不饱。可他的护法能帮着他到各处拉来佛节。你晓得吧,守元的几个护法,都是城里大会堂里的会头,这几年,会堂多兴旺,会堂的钱你也知道,来得容易,花得也大方。加上这一行又是冒险的行当,个个都希望菩萨保佑。你想,搭上了这条大船,守元的寺庙能不兴旺吗?

说到此处,长了停下来看着我,这下你该知道为什么我说你犯了这一行的大忌了吧?

我怔了怔,似乎有些明白了。难道说,周郁是阿宏叔寺里的护法?想到这里,我有些懊恼,当初我并不知道这回事,如果我知道了,我怎么会让周郁帮我拉香客?

长了喝了口茶,又说,不过话说回来,你这个事情还真是有点古怪。

我一愣,什么古怪?

你知道,同行是冤家。其实很多寺庙都在打守元那几个护法的主意,可是从来就没有人能从他那里挖走一个。奇怪的是,那个护法怎么偏偏会帮你呢？

我听出长了师父话里头有话。什么意思？

长了师父，你有话就直说吧。

长了稍稍犹豫了一下，说，反正这个事情，你早晚也会知道，我说了也没有太大关系。我问你，你知道守元的护法别人为什么挖不走吗？

我摇摇头，我不知道。

长了便压低了声音，神情诡异地说，其实，在这一行里，这也不算什么秘密了。守元的那几个护法都是离过婚的女人，而且个个能说会道，能力很强。这样的女人，拉佛节的能力自然是强的。可更重要的是，守元的几个护法，对守元是出奇地忠诚。要想留住这样的护法，需要的不是一般的手段。你猜是什么手段？

钱？

长了摇了摇头，不对，靠钱那就太容易了。钱有用的话，别人可以出更高的价。我告诉你吧，要想得到真正的忠诚，就是占了她的身体。

我的脸一阵烫，我觉得长了师父有些胡说八道。阿宏叔怎么可能那样做，他可是一个出家人。

长了也看出了我的不信任，说，你是不是不信我的话？我跟你说，起先我也不信，可后来，却由不得人不信。否则你说，为什么守元找的都是女护法，还都是离过婚的？他就是看准了这样的女人会死心塌地地跟着他。说到这里，长了笑眯眯地看我，哎，广净，我问你，那个女人为什么会那么用力帮你，是不是你也用了什么办法？

听到此处，我的脸又是一阵烫。我终于明白为什么长了说这个事情古怪了，原来他是怀疑我跟周郁有那种关系。我有些生气。

长了师父，你想到哪里去了，我怎么会那样做？虽然我不是真正的出家人，可我每日里也是要在佛前烧香祷告的，难道我就不怕菩萨降罪吗？

长了看着我，哑然失笑，广净啊，你错了，这就是一个行业，赚钱的行业。难道你真相信你坐在寺里，念念经，烧烧香，睡上一觉，菩萨就会发善心，把钱装到你口袋里啊？

我辩解道，我知道这是赚钱的行业，可头上三尺有神明，总归是有底线的吧？我们不能人前一套人后一套吧？

长了看着我，沉默了半天，吐出一句话，广净，这一行没那么干净，要出挑，无非六个字，不怕丑，不怕狗。

我低下头，避开了长了的目光。我知道，他心里是不会相信我跟周郁是清白的。这一刻，我的脑海中突然浮现出了我和慧明师父第一次见面的场景，我们就站在山水庵那个竹林边抽烟。她看着竹林，低沉地说，这是个末法的时代。

现在，我似乎有些明白她说那话的意思了。

3

从油盐寺回来后，我就再也没有出过门。我不想出门，没意思。

我一个人待在寺里，每日里，除了念经，就是侍弄南墙边的那块地。很快便要到芒种了，俗话说，芒种不种，等于白种。我得趁着芒种前，将那些蔬菜种子播下去。我将地里的土用锄头一点一点敲碎，煨过肥，然后去城里的种子站买来茼蒿、水萝卜还有菠菜，将它们细心地埋进土里。

每一日，我都过得极有规律。凌晨四点我就起来，洗漱完毕，一个人去殿里做早课，念楞严咒，念弥陀经。早课完毕，一个人去地里拔些青菜，与昨晚剩下的米饭一起煮了，做菜泡饭吃。吃完，我会再去山上转一圈，呼吸一下山间的新鲜空气，让身体沾一沾草间的露水，然后再回到寺里念经。我严格遵守过午不食的规矩，赶在十二点前吃好午饭，吃完饭，我会睡一会儿。睡醒了，就在庙中打扫卫生，或者拿着榔头、钉子之类，在庙中四处寻找破损的地方，修修补补。一直到四点，再开始做晚课。等夕阳下了山，我会再去山上走一圈，然后回到寺里，在菩萨面前静坐一个小时，再去睡觉。

我就这样周而复始、一日又一日地打发着时间。我不知道为什么，自己的心突然会变得如此澄澈，就像有一个电熨斗，将我整个人从头到尾熨烫了一遍。我贪恋这样的感觉，这一片小天地，就像与外面的世界完全地隔绝，根本就没有人会注意到我，打扰到我。

现在，村里的老太太们不大会再到我这里来念经了。此前，周老太太曾来过一次，她显得不太友好，语气生硬地质问我，前些时日的佛事，为什么不在村里张贴佛讯，为什么不通知她们参加？我告诉她，这是别人出钱包下的。周老太太对我的回答很不满意，她说这山前寺是山前村的，别人怎么能包？你没有权利这么做。她咽了一口口水，又加了一句，这样的事情即便是慧明在时也没发生过。我便笑笑，不再说话。随后，周老太太将自己打扮成一副恼怒的模样，作势要走。我知道，她心里是希望我能留她的，然后说几句软话，送她一箱饼干或者一袋水果。可我没有，我不想留她，我不想说软话，更不想再拿些什么饼干水果去讨好她。事实上，我有些厌倦，我厌倦了与人打交道。

从那天起，周老太太就再也没有到我这里来过。她不来，村里的老太太也不再来，她们都听她的。以前，我不知道应该怎么称呼周老太太的这个身份，自从那天和长了说了那些话后，我明白了，其实周老太太的身份便是护法。只不过，她的护法身份只局限于山前村而已。

我想，有一天，没准我会重新提着礼物去讨好周老太太。但我现在不想，我不是针对周老太太，我是不想跟任何人打交道，这让我觉得烦恼。甚至，我都不想回家，不想面对秀珍，不想面对大囡、二囡，还有方长。我觉得一切都似乎毫无意义，现在我就想这么安安静静地待着，我想让自己和整个世界脱离关系，没有压力，也没有动力。

有一天下午，我突然又生出了打坐的念头。我房间的角落里有条禅凳，这条禅凳，不知是什么时候留下的，禅凳上的藤面都已经破损，露出了底下的棕绷。我将禅凳拉出来，盘腿端坐在上面。起初，这动作会让我下肢关节的韧带感到一阵阵地疼痛。但坚持了几日，韧带松了，疼痛便也慢慢消失。我在禅凳上盘着腿，摊着双手，紧闭双目，一坐就是一个小时。我觉得很舒服，身体被完全打开，有种通透的感觉。后来，我就不再午睡，我把午睡改成了打坐，每天下午，我都会这样坐上一个小时。

这一日，午饭后，我又坐在禅凳上打坐。我闭着双目，将双腿盘起。起先，我还在脑中想事情，但慢慢地，这些事情就淡了，棉絮一般浮着，不着痕迹。一切都好安静，安静得似乎只有我的呼吸。但很快，这呼吸声也没了，耳边竟完全没有了声音，死寂一片。又过了一会儿，一些声音又若有若无地在我耳边响起，逐渐清明起来，竟是诵经声。我不确定这诵经声来自我的嘴巴还是其他什么地方。

南无萨怛他，苏伽多耶，阿啰诃帝，三藐三菩陀写。南无萨怛他，佛陀俱胝瑟尼钐。南无萨婆，勃陀勃地，萨跢鞞弊。

是楞严咒，我听出来了。

经声响起时，我感觉我的身体开始充盈，逐渐变大，逐渐地失去了重量。终于，我漂浮了起来，悬在半空。我睁开眼睛，看见眼前是一片辽阔无比的水面，这水面看上去很柔软，柔软得就像孩子的肌肤，可似乎它又坚硬无比，就像一块坚冰。水底有光，星星点点，层层叠叠，这光也像失了重，就那样从水底的最深处慢慢漂浮上来，最后，积聚在水面，微微抖动。这光温和、平静、圣洁，我深情地看着它们，就如同我们是磁铁的两极，深深地吸引。我想向它靠过去，我想将身体放到这光之中,我知道,那里肯定明亮无比,温暖无比。

我就这样努力地向那水面的光靠过去,越来越近,越来越亮。就在我几乎触碰到那水面时,突然那水面就像破开了一个口子,千万束的光芒在瞬间从这个口子里喷薄而出。

我在禅凳上睁开双眼,长久地喘着粗气。

这情境是多么地熟悉。就在方长出生前的那个夜晚,我也看到过这样的光。那个夜晚许下的愿又在我脑子里清晰地浮现了出来。我知道,这是一把利刃,高高地悬挂在我的头顶。

4

早上,有个外地人赶到寺庙来,回收烧废的蜡油、蜡烛。其实这也是一门不错的行当,蜡烛蜡油低价收回去,做成新蜡烛,又可以卖给我们。一进一出,赚的都是寺庙的钱。这个外地人我见过的,以前来过一次,就是慧明师父的那场水陆之后。我想他这次肯定也是听了我这里做过大佛事才来的。平常,他是看不上我们这些小寺庙的。他们都喜欢去那些常年香烛不灭的大寺,像我这样的小庙,没什么油水。

外地人将蜡烛头和蜡烛油在蛇皮袋里装好,用随身带着的一杆大秤称了重量,算好钱,便将蛇皮袋放到三轮车的车兜里,顺着寺前的砂石路往村口走了。

我走上楼,站在走廊上看见三轮车拐过路口,突然人影一叠,似乎又有个人顺着马路朝我这边走过来。我觉得有些诧异，要知道，我这里已经许久没有来人了。虽然看不清面目，但看着身形，似乎还是熟悉的。我就站在走廊上看，等人走近了，我大吃一惊，竟然是周郁。

我赶紧下楼，走到大门口迎接。周郁手里拎着一袋香糕，看见我时，似乎还有些不大自然。

我说，你怎么没开车来？

周郁便有些不好意思地解释，出租车不肯进来，说路太小。

一瞬间，我似乎明白了什么，寺前的这条路并不小。我将话接过来，我上次也碰到过这样的情况，这些出租车司机也是生了分别心的。

我将周郁迎进了寺庙。周郁坐下，取出根香烟抽。我偷偷地看她，她似乎是憔悴了，也没了以前见到的那种派头，话很少，只是抽烟。我预感到她心里有事，但她不说，我也不好问。临到中午，我留她吃了饭。我在地里拔了韭菜，切成丁，用酱油和菜籽油调一起，在锅里烧热，然后用勺舀了浇在韭菜上，制成卤。随后，我又用清水煮了面，捞起，将卤浇上。

周郁吃了几口，连连赞叹，说自己好久没有吃过这么好吃的面了。我不知道她是真心夸赞还是客气。吃了一半，周郁就说自己饱了，吃不下了。她擦了擦嘴，又点了一根香烟。

我马上要走了，去上海。周郁抽一口烟，又补了一句，是生意上的事。

我点点头，心里猜想周郁并不是什么生意上的事，可能是她的会堂出了问题。做会堂，本来就是高风险的行当，就像赌博。可我不方便多问，只是耐心地等她将烟抽完。

抽完了，周郁便起身，说，行了，真该走了。

我便起身送她。周郁慢慢地走，走到门口，却又停下了脚步，她微微侧着身，低声说，你能不能借我两万元？

我愣住了，一时回不过神来。她没拿眼睛看我，她看上去有些难堪。稍微顿了一下，又说，还是算了吧。说完，转身便要推门出去。

等一下，我脱口而出。

周郁转过身，看着我。

你在这里等我，我一会儿就回来。说完，我就飞快地跑出门去，骑着电瓶车赶到最近的那个信用社，取出两万元，又匆匆赶回来，将钱交给周郁。

周郁拿着钱，似乎显得更加局促了，低声说，这钱，我会还你的。

我笑笑，没事，你帮过我那么多的忙，应该的。

周郁又看了我一眼，走了。

我站在门口，看着周郁沿着砂石路渐渐走远，直到最后消失不见。我忽然觉得心里有些难过，我说不清楚这种感觉，她似乎总是这样，突然出现，又突然消失，就像一个谜团一样。

我一个人坐在厨房里抽了根烟，将碗筷收拾干净，然后上了楼。我像往常一样，盘着腿坐到禅凳上，试图像往常一样打坐。可是，不知怎么，我的心思却浮了，就像一阵狂风刮过一样，心神不宁。

心浮了，身体也像失去了重心，坐在禅凳上，几次差点摔倒。

我睁开眼睛，从禅凳上跳下，匆匆跑下楼梯。

我骑着电瓶车往家里赶，我突然觉得无比地孤独。现在，我想见秀珍，想见孩子们，似乎见不到他们，我就没办法多活一分钟。

电瓶车被我开到最大码，嗡嗡地响，如同要散架了一般，但我还是嫌它慢。我恨不得它能生出翅膀，马上就飞到家里。

赶到家时，大门关着。让我诧异的是，我风风火火地赶回来，可当我回到这个门口，我突然又失去了推门进去的念头。我趴在门缝上，看见秀珍正在院子里洗衣服，她的手上沾满了巨大的泡沫。方长和二囡就将这泡沫用手握住，往各自的身上泼。两个人打闹着，方长被他姐姐追赶着跑到门口，突然站住了，眼睛盯着门缝。

我转身骑上车，飞快地离开了巷弄。

我还是努力坚持着早起、早睡、念经、打坐，我试图让一切又平静如常。可事实上，我只坚持了三天便坚持不下去了。我叹了口气，知道自己的心已经不静了。

从周郁来的那日开始，每次我将腿盘起来坐上那条破旧得有些摇晃的禅凳，我都觉得恍惚。我试图让自己沉静，让自己清澈，让自己往深里走。但我的脑子就像四面漏风的木板墙壁，杂念无时无刻不从缝隙中漏进来。努力坚持了三天，等到第三天下午，当我睁开眼睛，看着简陋湿冷的房间，以及我屁股下这条破损无比的禅凳，我突然觉得自己有些可笑。我似乎是得了健忘症，忘了自己来这个寺庙的目的。

第二天，我便骑着电瓶车去了城里的糕点铺，花一百元买了两盒豆酥糕，随后，我便赶回村，前往周老太太家。

周老太太家就住在村的东头，一个人住。十年前，老伴出了车祸，她就害怕坐车，所以几乎每日都待在村里，很少出门。她的儿子结婚后，在城里按揭买了房子。周老太太曾向我抱怨过她的儿子，现在的年轻人，上顿饭吃了下顿的米。买房子，应该够了钱再买。如果不够，就将钱存着，每月还可以吃利息，现在倒好，钱不够，借了银行的钱，每月的利息还要倒贴。这一进一出，让周老太太心疼得不行。

我到时，周老太太正坐在院子里念经，所谓的经，其实就是一堆叠好的土黄色粗纸。这是农村老太太最喜欢做的事情，她们用手捻着纸，然后念土地经，念财神经。这样的方式不仅能帮她们打发时间，还能赚些钱。有些人家要烧经烧纸钱给祖宗，自己又不会念，逢上七月半、清明、年三十这样的日子，便会到这些老太太这里买。对于村里这些老太太来说，这也是一笔不错的收入。

我一走进院子，周老太太便看见了我。可她却故意装作没看见，不做理睬。我坐在她面前，毕恭毕敬地将糕点递到她身前。

周阿婆，这是我特地从城里稻香村给你买的豆酥糕，很好吃的，您尝尝吧。

周老太太只顾念经，似乎听不到我说的话。

周阿婆，那天，我也是心里烦乱，态度不好，你不要见怪。我知道的，其实，那么多人，只有你才是真心对我。要不是你，我怎么可能在这山前寺立住脚？那么多佛节又怎么拉得来？不是恭维你，你才是这个寺庙的大护法，我是靠着你的。

听了我的这些好话，周老太太的脸色终于好看了起来。她长长地呼出一口气，我啊，没别的毛病，就是心软。我是想着你广净师父能耐那么大，不需要我这老太太了，我也打定主意不再拿热脸去贴你的冷屁股。可你这一说软话，我的心肠却又硬不起来了。

我伸手帮着老太太整理笸箩里的经纸，笑着说，周阿婆，你可不能硬心肠，你一硬心肠，村里的老太太就都不到我寺里去了。

周老太太撇了撇嘴，她们去哪里，我又怎么管得着？

我说，周阿婆谦虚了，谁不知道，您就好比是这山前村的妇女主任。

周老太太便有些羞涩地笑了，广净师父真是会开玩笑，我都这把年纪了，哪还能当什么妇女主任啊！

我笑着，心里叹口气。我觉得自己有些无耻，竟然靠着这点伎俩骗一个老太太。

当天下午，周老太太便带着村中的几个老太太到了我的寺里。她们拿着放经的笸箩，围坐在桂花树下，一边说笑，一边念经。我则笑眯眯地站在旁边，陪着她们说话。

说实话，看着她们，我心底里有些落寞，因为眼前的一切，才是这个寺庙最正常的生活。只有这些人，才是真正跟寺庙连在一起的。村里人家，无论是婚丧嫁娶，还是出门营生，都不会绕过寺庙，只要有事，都会去庙里问问师父。有句老话叫作无办法，问菩萨。

怎么问菩萨，就得找寺庙，找和尚。而且，来寺庙的就是这些老人，因为老人腿脚不便，不可能去太远的地方。说到底，这样一座小寺庙，跟宗教无关，跟赚钱也无关，它只是村里的老人打发闲暇的场所，是一个老年人活动中心。

从这一天开始，我便不再早起，也不再勤快地去打扫，任由寺庙里的垃圾一点一点地多起来。无聊时，我也会念念经，打打坐，但那更像是一时的兴致，毫无规律可言。我没有了对自己严苛的那种劲头，因为我觉得这没有意义。

老太太们偶尔会来，她们坐在桂花树下盘经，时日久了，似乎她们也不在乎有没有我这个师父了。而我也乐得一个人躲到寺庙的围墙后，晒着太阳，抽根烟，然后坐在草垛子里懒懒地打个盹。

有一天，躺在草垛子上，我突然就想起了慧明师父。那一刻，我仿佛理解了她。我想，她刚来这里的时候，肯定也跟我一样，心里充满了干劲，要把这个寺庙修葺一新。但后来，她便发现这样做根本没有意义，这里本就是个死地，无论是我，还是慧明，我们都是过客，都是道具，只有这些生长在这里的老太太们，才是这里真正的主人，这是任何努力都不能改变的现实。

所以，慧明就在这里混日子。就这样，一日一日，混过了二十年。

第十三章

1

我趴在走廊的栏杆上，无聊地打着呵欠。人真是奇怪，之前，每天早睡早起，都不觉得困。现在，就算睡到太阳晒屁股，还是感觉没睡够。

恍惚间，我听见外面有汽车的喇叭声，眯着眼睛去看，只见村口那里开来了一辆黑色的轿车，卷着长长的灰尘。让我觉得奇怪的是，这车没有去村里，反倒向寺庙的方向开过来。车子开到寺庙门口，可以看清楚是一辆很高级的奔驰轿车。怎么会有这么好的汽车开到我这里来？我觉得有些怪异，不由站直了身子。

车门开了，下来三个男人。其中有个男人，皮肤黑红，看上去有些面熟。我皱了皱眉，突然记起来了，他不就是上次在我庙里做过佛事的船老大吗？我有些心慌。当初，接这场佛事时我就心虚。后来，佛事中途又发生了那么多事情，他一直都没给过笑脸。虽然佛事过去这些日子，可我却总是担心他会回来找我的麻烦。好了，现在他终于来找我算账了。

我整理了一下僧衣，硬着头皮，快速地下了楼梯。到了楼下，马老大正好迎面走过来，还没等我开口，他却先冲着我双手合十，连声叫道，大师好，大师好。旁边的两个男人也学着他一起叫。我愣住了，什么意思，看这架势，不像是来找我麻烦的呀？

我惴惴不安地将几个人迎进了楼下的寮房。说是寮房，其实不过就是上次佛事时收拾出来的一间破屋子。一张八仙桌，几条骨牌凳，这还是村中一位孤寡老人死后，周老太太从她家里搬来的。一进房间，船老大和他的同行并没有看不起的意思，反倒连声称赞，说我名不虚传，这样清苦朴素，真是大师风采。

我听着他们的话，觉着怪怪的，只是笑，拿出一次性纸杯给他们泡茶。坐下后，我心里盘算了一下，便小心翼翼地问马老大，马老板，最近出海收获怎么样？

马老大没说话，反倒先笑了起来，旁边的两个随从也跟着笑。我被他们笑得有些莫名其妙。

没收获吗？我又小心翼翼地问了一句。

马老大停住笑声，摇了摇手。

大师啊，真是不服不行啊。上次在你这里做了佛事，一出海，就碰上了大鱼群，那鱼多的，你是没看见那场面，连网都拉不动。打上来的鱼把鱼舱都塞满了，人踩到鱼堆上，两条腿就像陷进了泥潭，拔都拔不出来。

马老大说起那个场面，似乎嘴巴不够用，还伸出手用力比画起来，似乎此刻他还沉浸在当时那个丰收的场景之中。我认真听着，闻着他们身上那股挥之不去的海腥味，这才完全放下了心。我在心中默念着菩萨保佑。

马老大转身指着另两个人说，这几个兄弟都是随我出海的，我说的那些都是他们亲眼看见的。广净大师，你说怪不怪，村子里好几条渔船出去，最后就我一个人拉着满舱的鱼回来。我跟兄弟们说，我是遇上了活菩萨，如果不是碰上了活菩萨，怎么会有这么好的运气？

旁边的两个人便点头附和着，我的脸顿时烫了起来，赶紧摆手。

不能这么说，不能这么说。

说一阵，马老大便提出要去拜拜菩萨，我便带着他们来到观音殿。几个人上香点蜡烛，然后虔诚地跪在观音大士前跪拜，起身了，都从口袋里摸出厚厚一沓钱，塞进功德箱。随后大家又回到禅房里吹牛，再坐了一会儿，便都起身，说有事要回去。我将他们送到门口。到了门口，马老大打开汽车的后备箱，取出一个黑色的塑料袋子，塞给我。

广净大师，我也不知道给你买什么。总不能拿鱼来吧？你是出家人，又不能吃。想来想去，还是拿钱爽快。我知道大师不看重钱，我跟几个兄弟都说了，上次佛事，原本说好了要花二十万，可大师非要还我十万，哪里见过这样的出家人？不过，今天这钱，大师一定要收下，没别的意思，算是我个人给大师的供养。

我掂着手中的钱，应该有四五万的样子，我有些心虚，将钱递还给他,推辞不要。马老大急了。

大师,你是不是看不起我啊,嫌我的钱有鱼腥味啊?

我看着马老大黑红的脸憋得跟猪肝一样,心想不能再推,只能收下。

我站在寺院的门口,目送着马老大的黑色奔驰开远。车子走了,路面上被轿车卷起的灰尘也逐渐平息了下来。日头斜射,将我的身影打在地上。我觉得有些恍惚,突然就想起了周郁。我觉得心里有些难过,不知道周郁是不是真的去了上海,现在过得如何?这个突然出现的女人,又这样突然地离开,就像一阵风一样,迅疾而神秘。我摸出手机,翻出她的号码,想打给她,犹豫了一下,又将手机放了回去。

2

我回到家,当着秀珍的面,把马老大给的钱一沓一沓地从包里掏出来,放在床上。我笑眯眯地看着秀珍,我等着她露出吃惊的表情,然后激动地给我个拥抱。我想让她知道,我成功了,我能赚钱,我能赚到很多钱,给她和孩子们好生活。但让我意外的是,看见床上的钱后,秀珍却平静得可怕。

你拿那么多钱回家做什么?

花呀,这是我赚的。

我知道是你赚的。你不要给我,到银行去存了吧。

秀珍显得平静。我有些不高兴,以前我拿回一千两千工资,她都会很高兴,可现在,当我把厚厚的几沓钱放在她面前,她却伸手的兴趣都没有,难道我这钱上有毒?

我赚钱了,你不高兴?

高兴的,没有不高兴。

可你这是高兴的样子吗?

那我该怎么高兴呢,要大喊大叫吗?

也不是说大喊大叫,起码得说点什么吧。哪怕就是不高兴的话呢。秀珍,我们是夫妻,有什么话我们应该当面说出来,不应该放在肚子里。

那我说了你就会听吗?

你说啊,你不说我怎么听。

如果我让你不要当和尚,你会听吗?

我一愣。随后,秀珍就摇头,算了,方泉。我知道你不容易,我也不容易,孩子们都不容易。

我低着头,用力地抽烟。我听出来了,做一个和尚的妻子,让秀珍难堪了。

前阵子,大图的学校拿了一份表格让家长填。第二天早上,她忘了带去,又被我看见。我发现上面我填的信息,她给改了。

改了,改什么了?

秀珍正色看着我。

她把"父亲"这一栏全部改成了"无"。

我的脑袋"嗡"了一下,感觉自己被人迎面捅了一刀,那刀很薄,很快,很锋利。我不觉得疼,只是觉得冷,血汩汩的,不停地流出我的身体。

我笑了笑,没再说话。我无话可说。大图跟我那么亲,可现在,我却成了她要从这个世界上抹掉的一个人。我转身走出门,抱起了院子里的方长。

方长,爸爸带你去超市好不好。

方长一听去超市,便高兴地站起来,伸手让我抱他。我抱起方长,却看见他在用力地皱了皱鼻子,我觉得有些奇怪。

方长,怎么了?

爸爸身上有味道。

我一愣,是不是香烟味啊?

不是。

我闻了闻自己身上,没有啊。

方长说有的,他顿了一顿,又说,是和尚烧香的味道。

我一愣,你怎么知道和尚烧香的味道?

方长说,是姐姐告诉我的。爸爸,你是不是个和尚啊?

我没说话,我觉得很尴尬。

晚上,躺在床上,我对秀珍说,秀珍,我不当和尚了。

秀珍似乎一时没听清我的话,扭头看我,于是我又重复了一遍。

我不当和尚了,我回家来,再找份工作。

秀珍很高兴,用力地搂住我。

你要真回来，孩子们肯定都高兴得不行。

我笑笑。秀珍说得对，我回来，孩子们肯定会为我高兴。如果再不回来，可能每个人都会将我从这个家庭的名单中划掉了。

一切似乎都回到了从前，却又跟从前不一样。我说不上来这种感觉。

好了，当务之急就是要找份工作。秀珍让我先在家里好好休息几日，但我却不想歇，不仅是为钱，我想让自己忙起来。

我买来些报纸，每日里看里面的招工信息。看来看去，却发现很少有适合我的工作，不是要求高，就是收入低。

秀珍安慰我，说你不要太着急，先休息一段时间。没事的，慢慢来。

呵，秀珍不会明白的，这并不是着急不着急的事。

大囡问我，爸爸，你怎么每天都在家里，你不回那个地方了吗？我笑笑，点了点头，我说不走了。大囡似乎不确定我话里的意思，又追问我，是这些天不走，还是一直不走。我摸了摸她的头，说，爸爸一直不走了。大囡没说话，她转身，慢慢地走到了门外。过了好一会儿，她才重新走回来。我看见她的眼睛红红的，哭过了。

这一天，大囡的话显得特别多，不停地说着学校里同学的事，老师的事。秀珍也发现了，晚上，她悄悄跟我说，大囡好久没有说过那么多的话了。那一刻，我忽然觉得大囡很像秀珍。她听了我回家的事，那么高兴，却不愿意在我面前显露，似乎也喜欢将自己的情绪在心里包裹起来。我一直以为大囡是个想说就说、想笑就笑的孩子，不知什么时候也变成了这样。我想，或许孩子们真是大了，大得我都看不清了。

相比较大囡，二囡和方长则没那么复杂。在他们眼里，我似乎更像一个叔叔。只要我带他们出去买玩具，吃好吃的，他们就会对我亲。如果我不肯，他们就会不高兴。说实话，这两个孩子让我感到有些失望。特别是方长，他永远也不会明白，他的出生曾给我和秀珍带来多大的困扰。

下午，二囡和方长又缠着我，让我带他们去超市，刚要出去，就被秀珍拦住了。

你们不要总买那些零食玩具，爸爸现在没有工作，你们不能乱花钱。

两个孩子听了，顿时便哭闹起来，一人拉住我一只手，就像两只小鸡，想躲到母鸡的臂膀下。我轻轻地将两个人搂住，替他们说情。

秀珍不高兴，你不能总这样惯他们，要惯坏的。你不在家的时候，他们可不是这样。

我听了，心里感觉有些怪怪的，似乎孩子变成这样，是我回家的缘故。但我没有说出来，在这一刻，我好像也学会了将情感包裹起来。

当然，最后我还是偷偷带着两个小家伙去了超市，买了一大堆的零食。这似乎是我唯一能做到的跟他们亲近的事，两个孩子便迫不及待地将薯片打开来吃。

二囡，方长，以后可不能这样老是缠着爸爸来超市买零食了，零食吃多了不好。

方长抬头看了看我，爸爸说错了，不是吃多了不好，是你没工作，没有钱了。

我一愣，好吧，是爸爸没工作了，没钱了。那我们以后节约一点，好不好？

二囡扑闪了几下眼睛，爸爸，你再回去当和尚，不就有钱了？

3

阿良给我打电话，说自己从兰州回来了，约我中午在以前经常去的那个小饭店吃饭。阿良看上去胖了许多。

你还在骑三轮车吗？

我摇了摇头，有一段时间没骑了。

阿良说，那你现在在干吗，还在送牛奶？

我又摇头，我想告诉阿良，其实我一直在做和尚。但话到嘴边，却又咽下了。现在，我对这个身份有些敏感了。秀珍和孩子们的反应，让我感觉这是一个羞于启齿的行当。

闲在家里呢，没事做。

不做事？那你怎么养孩子老婆啊？

我说，现在工作不好找。你呢，回来什么打算？

我想自己干。外面待久了，也没意思，再辛苦，都是给别人赚。现在漆活的生意不错，买房子装修的人那么多，不愁没活儿干。而且，漆也高级了，不像以前那样毒。还有，我吃不惯兰州的东西。你别看我胖了，其实是把胃口吃坏了。都是牛羊肉，面食，哪有我们这里的小饭店落味，弄点小海鲜，弄点螺蛳，嘬两口酒，做梦都想。

我喝了口酒，想了想，说，阿良，要不我跟你干吧。

好啊，你要跟我一起干，那还有什么可说的？可你老婆会答应吗，她不是一直不同意让你干漆活儿吗？

我笑笑，不会的。如果家里没米下锅，杀人放火她也会同意的。

阿良一愣，大笑起来，拿起啤酒跟我碰杯。我将杯中的酒一饮而尽，耳边还在回响我刚才那句话。我那句话什么意思，我是在指责秀珍吗？这一刻，我有些慌张，似乎那样的话一直都藏在我的嘴边，突然一个不小心，它就滑了出来。

几天后，阿良便打电话给我，说自己接到了一个活儿，是个套间，一百五十平方米。工钱一百五十元一天，问我有没有兴趣，如果我去，他就不找别人了，我应了。但我没跟秀珍说自己是去干漆活，我怕她不同意我去。我告诉秀珍，有个公司在招人，让我去面试一下。秀珍应了，等我走到门口，她又叮嘱了一句，你不要着急。我忽然觉得有些厌烦，她为什么总是说这句话？什么叫不急，我不去工作，每天坐在家里吃闲饭，她会愿意吗？

小区很大，很漂亮，各处都铺着草坪，草坪上还种着我从没见过的树，红红绿绿的。在主人家的房子前，还有一个人造的池塘，池塘上有喷泉。阿良告诉我，到了晚上，这个池塘里还会放音乐，然后那个喷泉就会跟着音乐跳舞。阿良还说，像这样的小区，现在每平方米要卖到一万五千元以上。这价格吓了我一跳，我突然想起我曾经为方长算过的那笔账，那时，我打算着每年给他存上五万，这样，等到他二十岁的时候，他就可以拥有一百万。他可以用这一百万去买房，买车，娶老婆。可现在，我却为自己的这个打算难为情。一百万，连一百平方米的房子都买不了。

上午，我和阿良去油漆店买刷子、砂纸、腻子、涂料，我还专门让他买了两件蓝色的大褂。干活儿时，我仔细地穿上大褂，然后用报纸折成帽子，戴到头上，这样，回家时，身上就不会有那些脏污的腻子和漆水了。

第一天的活，就是在水泥墙上打腻子。活简单，将腻子用水调好，均匀地刮在水泥墙上。刮好腻子，再用砂纸打磨平整，就可以上油漆了。

可能是太久没干这活儿了，刚上手时，手有些生，我将腻子打得薄了，我重新调了厚薄，第二次，我就上了手。对我来说，这都曾是再熟练不过的活儿了，我现在要做的，就是恢复肌肉记忆。我十六岁初中毕业，就跟着我的油漆师父学手艺。出师后，就跟着他到处做漆活儿。秀珍便是在做漆活儿的时候认识的，那个时候，我二十三岁。后来，我们就结婚了，再后来我的师父就得肺癌死了。师父死后，我就再没有做过油漆匠，因为秀珍认定我师父是被油漆毒死的，她不想我重蹈他的覆辙。她是为我好，我听她的。

第一天的活儿干下来，我的整条右臂几乎都抬不起来了。这一天，我只刮了一面墙，好久没干了，有些吃不消。做油漆，最累的就是手臂，因为它要整天抬举着。我想，这也是年岁逐渐大了的缘故，年轻时，我就从来不会觉得手臂酸疼。

回家时，秀珍已经在做晚饭了。她问我工作谈得怎么样了，怎么这么晚才回？我摇了摇头，说，人家没要我。路上遇见一个朋友，就在外面多坐了会儿。

大囡坐在门口的板凳上写作业，我点了根香烟，远远地坐着，看着她。大囡是个乖孩子，念书也用功，成绩一直都很好。秀珍总说，大囡从来都不用她操心，要是以后二囡和方长也能像大囡这样，就省心了。

大囡做完了作业，就扭过头来看我，看了一会儿，突然问，爸爸，你以后真不会离开我们了吧？我心里一紧，笑着点了点头。我都记不清这问题她已经问了我多少遍了。

我抬起头，无聊地望着院子上空。院子上空，有一块狭窄的天光。这天光中漂浮着一些半透明的物质，我不知道那是云还是别的什么，蓝色的天空就在这半透明的东西后边若隐若现。我长时间地看着，企图让自己的眼光穿过这半透明的物质。我觉得那天光后面似乎隐藏了什么人，他就躲在那里，平静而悲悯地看着院子里的我。

隔天，继续刷墙。

在墙上刮一道腻子是不够的，不够厚，没办法打磨。刮完一道，得等它干了，然后再刮第二道、第三道。刮过三道，这厚厚的腻子才能相互咬住，牢牢地贴在墙壁上。这是一个枯燥乏味的工作，单调的刮抹动作，会让时间变得异常漫长而艰难。

我记着自己当年赚到第一笔钱时，便去镇上的供销大楼买了一个日本产的 aiwa 随身听。那时候，我会一天到晚将耳塞塞在耳朵里，听谭咏麟、王杰、张雨生。听得熟了，我还会跟着唱。我唱得很认真，似乎耳塞里的歌声是我嘴里发出的，而手里握着的也不是油刷，而是一个麦克风。那时，我从不觉得时间难打发，我师父也羡慕我，说我正是无心无事的好年岁。

现在虽然不是无心无事的年纪了，但也总得想法把时间打发过去，要知道，这可能是我今后一辈子的职业，没一个好方法，那么漫长的漆匠生涯该怎么熬过去啊？于是，我开始试着在刷墙的时候唱歌，但唱了没几句，我就卡住了。我已经太长时间没有唱过那些歌了，它们已经嫌弃一般地逃离了我的记忆。很快，我又想出了另一个主意。我不是会念经吗？

就这样，刷墙的时候，我开始念楞严咒，念心经。让我觉得意外的是，当那些经文从我口中念出时，墙上的那些腻子似乎也流动了起来，它们不再是涂料，而是作画用的朱砂、石青、藤黄。而我也不是在一个套间的墙上刷油漆，而是躲在一个藏经洞里，画达摩面壁、画鱼篮观音。就这样，我在佛经的诵念声中，变成了一名画佛的画师。没有时间，也没有空间，只有我一个人，对着一面墙壁虔诚地作画。

刷完墙，我将铲子放回桶里，然后坐在地上愉快地点了一根香烟。奇怪的是，干了这半天活儿，我竟不觉得累。我用力吸一口烟，又用力吐出来，然后我就眯着眼睛躲在烟雾后面，像欣赏一幅壁画一样地端详着眼前的这面墙。

阿良从另一个房间走了过来，伸手摸了摸墙上的腻子。

方泉，这手艺可一点没落下啊。

我笑笑，这算什么手艺。

可以的，你看这墙面刮的，卡尺卡过一样。哎，你刚才在唱什么啊？

我一愣，我不知道啊，可能随口乱哼的吧。

阿良疑惑地说，我怎么听上去像是在念经啊？

我笑笑，怎么可能，我又不是和尚，怎么会念经？

这一天，从那个小区离开时，我觉得心情特别愉快。我都想不起来自己有多久没有这么愉快轻松的感觉了。我觉得自己就像一个孩子，得到了一件梦寐以求的礼物一般，恨不得向所有人展示我的快乐。

我骑着电瓶车骑过桃源路，骑过兴宁桥，再拐一个弯，刚要骑进出租房附近的那个巷弄时，我突然将车停了下来。看着那个狭窄而又拥挤的巷弄口，我的心情瞬间低沉了下来。因为我知道，我要回去的那个地方，没有佛经，也没有菩萨，只是一间普通得不能再普通的出租房。我也意识到，自己的这种愉悦只是虚妄，如此不堪一击。

我有些失落，我忽然觉得自己是那么地想念山前寺。

进了门，孩子们正躲在房间里玩一种我看不懂的纸片游戏，没人搭理我。我搬出条凳子，坐在门口。我点了根香烟，又看见了头顶上的那片天光。让我觉得诧异的是，这天光似乎和昨天看到的一模一样。我抽着烟，认真地仰头看着。我真想这天光能被我看穿，露出一个缝隙，让我知道它后面到底隐藏着什么。

在看什么呢？

我一愣，原来是秀珍站到了我的面前。她用围裙擦着手。

我笑笑，没看什么。

秀珍也笑，她拿出条椅子，在我身旁坐下。

你这几天工作找得怎么样了？

还没找好，你知道，现在活儿不好找。

秀珍看了我一眼，低头想了想，问道，方泉，你是不是在外面做油漆匠啊？

秀珍怎么知道了？我愣了愣，没应声。

我看见你换洗的衣服上沾着东西，我知道那是刮墙的腻子。

我低下头，又点了根香烟。我依旧一言不发。

其实，我也知道找工作不容易。我只是担心，油漆总是毒的。

放心吧，现在的油漆跟以前不一样了，很环保，不会有毒的。

秀珍看着我，笑了笑，那就好。她起身走回灶台前，似乎发了一会儿愣，突然，她转过身。

方泉，你是不是还想回那个寺庙？

我怔了怔，看了看头顶的那片天光。

我说，怎么会呢？

第十四章

1

周郁打来电话的时候,用的是一个新号码。可让我奇怪的是,当我看见这个陌生号码时,我竟然第一时间猜到了她。

周郁说自己回来了,问我在不在寺庙里。我说我在城里。周郁说,那一起出来喝个茶吧。我想了想,说,今天没空,等明天吧。

我这是推托之词,我并没有忙到不可开交的地步。周郁打来电话时,我正在那个套房里干着漆活儿,我可不想就这么一身油漆地去见她,而且,似乎一时之间我还接受不了她回来的现实,我得过上一晚才能平复这种情绪。

晚上,很晚的时候,我还待在卫生间里。干完活时,天就开始下雨了。雨水从屋檐掉下来,滴滴答答地响。我站在镜子前,看见镜子里的自己头发已经长了,野草一样,杂乱而且茂密。胡子也好几天没有刮了,它在我的上唇和下巴上胡乱地生长着,似乎是和我的头发在比赛。看上去,镜子里的这个人,显得疲惫而毫无神采,十足一副倒霉邋遢的中年男人形象。

我突然想,这么些天不见,周郁又会变成什么样子呢?

我早到的茶馆,周郁还没有来,我一个人坐在沙发上,不停地看着门口。我发现自己似乎有些紧张。

大概过了十来分钟,周郁终于现身了。她穿着一身深蓝色的套装,戴着一副金框的墨镜,看上去就像个明星一样。可以肯定的是,她过得不错,因为她又恢复了以前的那种神采,甚至,比以前还要好。

周郁坐在我面前,摘下眼镜,然后从随身携带的包里取出厚厚一包东西,放在我前面。

喏,这是还你的钱。

我一愣,看这厚薄,不止两万,我推回去。

这个真不用,你帮过我那么多忙,这些钱本来就应该给你的。

收下吧,帮忙和还钱是两码事。没准以后还要跟你借呢,有借有还,再借不难。

我想了想,打开那一包钱,取出两万。

行,那我拿两万。

周郁看着我,笑笑,没再坚持,将剩下的钱装了回去。

我们点了茶,坐着聊了会儿天。我很想知道,这段时间她到底去哪里了,做了什么。可她却半句都没提,只是问我寺里情况怎么样,家里是不是都好,都是些场面话。她不说,我也不好问,也有一搭没一搭地接着。

再坐一会儿,周郁说,带我去你寺里看看吧,我想去拜拜菩萨,好久没去了。

我愣了一愣，或许我应该告诉她自己已经不在那个寺庙了，但犹豫了一下，我还是答应了。

周郁开着车，带着我去了山前寺。可能是许久没有回来的缘故，当我推开寺门的那一刹那，竟有些久别重逢的伤感。

周郁在四处走了走，有些困惑地说，怎么变得这么脏，你平时不打扫吗？

其实，我也好久没来这里了。

听了我的话，周郁一愣，似乎这时，她才注意到我的头发。

什么意思啊？

我不想再做这一行了。

为什么？

我也说不清。总之，这一行不适合我。

周郁看着我，不置可否地笑笑。此时，我们正好走到观音殿的门口，她走进去，拜了拜菩萨。拜完了，她还像以前一样，往捐款箱里放下一千元钱。

出了观音殿，周郁还不想离开，她说自己想到山上再去转转，于是我便又陪着她上山。让我感到意外的是，一阵子没来了，抬头看去，满山遍野都是杜鹃花，红艳艳的一簇又一簇，开得耀眼。

我和周郁沿着小路往山上走，因为昨夜下过雨，山路有些泥泞，周郁又穿了高跟鞋，走起路来，一摇一晃，十分不便。于是，遇到坡度大的路，我便伸手搀她。她的手上有一种很舒服的润滑感觉，应该是抹了什么东西。松手时，我的手上也都是香味，这香味让我有些心慌，甚至有些贪恋。

终于，我们到了山顶。周郁也顾不得脏，一屁股坐在山顶一块圆圆的卵石上，大口大口地喘着粗气。她神情惬意地朝四处张望着。

真好，这山顶的空气，闻起来都是甜的。

我也在一旁坐下，我抱着膝盖，看着山下的寺庙。此时，在宽广的山谷中，山前寺显得愈发得小了，小得就像一个发育不良的孩子，令人心疼。

你有没有想过将寺庙建得大一点？周郁突然问。

我点了点头，以前想过的。

那你说说看，那时你想建一个什么样的寺庙？

被周郁一问，我似乎来了兴致。

你看，这山谷像不像一个宝瓶？像吧，我觉得这个瓶就是观音大士手中拿的那个净水瓶。这么天造地设的一个地方，不能浪费了，应该打造成像普陀山那样的观音道场。

随后，我站起身来，用手指着山谷的一侧。

从这里开始，到那个地方，要全部打上围墙。原先的那个寺庙，全部拆掉，把土方夯高，在上面建三座大殿。再往下一些，喏，就在那里，再建三座大殿。大殿的两边，建钟楼、鼓楼，要建寮房，建居士林，建上客堂。要建得好，就像宾馆一样，外面的僧众和香客来了，都住那里面去。还有……

我停顿了一下，看了看寺后的那片竹林，眼里放出光来。

那个地方，是留给我自己的，我要在那里建一个顶好顶好的四合院，院子里种柿子树，挖池塘，养鱼，养……

我戛然而止，我突然意识到自己说的这些话很是耳熟，这不正是阿宏叔曾跟我描述的他的那个理想寺院吗？

我不知道阿宏叔是不是也同样给周郁描绘过，此刻，她看上去有些出神。我的心情突然变得糟糕，我想起了那件事情，想起了长了师父跟我说的那些话。我不再说话，低头拨弄着身前的一根野草。我今天怎么了，为什么要和周郁说这些不着边际的话，什么理想也罢，梦想也罢，它已经跟我无关了。

如果我做你的护法，你还愿意重建寺庙吗？周郁突然开口问了一句。

我愣住。

你愿意吗？周郁又问了一句。

我想了想。

我能先问你个问题吗？

你问吧。

你是阿宏叔的护法吗？

周郁稍稍迟疑了一下，点了点头。

既然你是阿宏叔的护法，为什么还要帮我？

周郁笑眯眯地看着我，你想听实话吗？

我点了点头。

我说我挺喜欢你的，你信吗？

我一愣，突然觉得脸一阵阵地发烫，我低下头去。周郁看着我的窘样，大笑起来。

你的脸皮这么薄啊，我跟你开玩笑呢。也算是缘分吧，并不是你的缘故。我第一次碰到你的时候，我已经打算好不在那里做护法了。

为什么？

周郁想了想。

你还记不记得我以前跟你说过我的一个朋友，上海的，是我带她认识的守元，她特别喜欢听他念经。

我点了点头。

我刚离婚的时候，人特别空虚，不知道做什么，就整日里往寺庙跑，城里的各个寺庙几乎都被我跑遍了。就这样，有一次，我就认识了守元。守元长得好，和尚里面，很少见到这样相貌的，声音又好听，又会布道，你脑子里再纠结的扣子，他都会给你灵巧地解开来。就这样一来二往，我们两个就走得很近了。

说到此处，周郁停顿了一下，似乎想到了什么场景。随后，她放慢语速，继续说。

在很长的一段时间里，我一直以为我是守元的唯一一个护法，我全心全意地去帮他拉佛节，说句不好听的，我对我以前的丈夫都没这么用心过。可我这个人，怎么说呢，许多人都以为我精明，其实，我是个没什么心眼的人，我不防备人。一开始，我完全不知道我朋友跟守元的事，后来，我见寺里常有上海客人来做佛事，便留心了，一问,才知道是我那个上海朋友拉来的。全世界都知道的事,只有我一个人蒙在鼓里,你说我有多精明? 可能对别人来说,这样一个大寺庙,多些护法没什么要紧,但我接受不了。我觉得我要对一个人好,我就会全部对他好,反过来,他也必须这样对我。

周郁停下来,看着我。

你明白我的意思吗?

我点了点头,慢吞吞说道,可我不能让你做护法,我有秀珍,还有两个孩子,我……

你误会我的意思了,周郁打断了我的话,我说的不是这种,我只是想帮你,也算帮我自己,我也不想再做会堂了。

我想了想。

那为什么你愿意帮我呢?

你不是帮我摘过橙子了吗? 当时我就说了,我要还你这个人情的。

我笑笑,哪有那么金贵的橙子。

周郁也笑,她扭头朝山谷里目光虚无地望着。

第一次在宝珠寺看见你,我就感觉你是个好人。后来,又去你庙里,几次接触下来,我发现自己的判断没错,你不贪心,你还敬畏神明,我欣赏你的态度,尽管是一个行当,但也要有出家人的底线。还有,就是你对妻子孩子那么好,能对家里人好的人,对别人肯定也错不到哪里去。所以,后来,我愿意帮你。不过,你运气不好,本来那时我就可以帮你将寺庙筹建起来,可我的会堂出了事情,接连几个会脚标了会都跑路了，卷走了几百万。这一来，我一下子被抽空了。那一阵，我把房子、汽车，所有的东西都抵押出去了，可还是不够。我不瞒你，最倒霉的时候，我去找过守元，可他却一口拒绝了我，他说他没有钱。我当时很难受，特别难受，我曾经帮他拉来过那么多的佛节，从来就没有拿过一分钱好处，可到了我落难时，他却不肯帮我，一点人情味都没有，冷冰冰的，就像什么都没发生过一样。

听到这里，我忽然想起那次佛事的事情。我暗自猜想，阿宏叔那样做，会不会是因为周郁帮我介绍了马老大的缘故？我突然有些惭愧，如果没有这样的事，或许阿宏叔会帮周郁的。

说到最糟糕的那段经历，周郁的神情也变得沮丧了起来。

那个时候，我都不知道自己过的是什么日子，每天被人追着屁股要债。最后，实在没办法，我只能出门躲避。可那时，我身上一点钱也没有，最后，也不知道自己脑子里哪根筋搭错了，竟然跑来寻你。而更让我没想到的是，你却伸手帮了我。我一辈子都不会忘记，在我落难时，唯一肯真心帮我的，只有你一个。所以，我出去的时候，我就想好了，只要我能缓过这口气，我一定回来，我要做你的护法，把你的寺庙建得比守元的还要好。

周郁认真地看着我，说，将寺庙重新打理起来吧，我来帮你。

听了周郁的话，我感到自己的心怦怦直跳。我用力闭了闭眼睛，偷偷地用手掐自己的虎口，我生怕自己动了心，一张嘴就给应了下来。

谢谢你，可是，我已经在外面找了份工作。要不是你来，我都想好再也不回这山前寺来了。

周郁没说话，拿出了香烟，点了一根，看着山谷间的寺庙，慢慢地抽。

你真舍得扔下这里？

我怔了怔，摇了摇头，我不知道，也许是我能力不够，或者是我没有佛缘，反正，这一行我不打算再干了。

周郁盯着我，说，你说的不是真心话，其实你知道你是适合的，只要你心里愿意。

我避开了周郁的眼神，不再说话。周郁俯身摸了摸身前的一簇杜鹃花，广净师父，你能给我摘一朵吗？

我愣了一下，伸手帮她摘了一朵。

你帮我戴上吧。

说着，周郁就将头别过去，等着我给她戴上。我犹豫着，向她靠近。我觉得自己心跳得很厉害，似乎都要从胸口跳出来了。就在我的手要碰到她的头发时，我又迅速缩了回来。

我稳定了一下心绪，将杜鹃花递到了周郁手中。周郁睁开眼，怔了怔，顾自笑了。她站起身来，拍了拍屁股上的尘土。

行了，我们下山吧。

我也起身，我还从旁边给她折了一截树枝，这样，下山时，她就可以拿这树枝当拐棍，那样，我就不用牵着她了。

我没有坐周郁的车，自己走回了家。

2

走到家里时，天已经漆黑了。

秀珍问我，怎么这么晚回来？吃饭了吗？

我有些心虚，和朋友一起在外面吃了。

秀珍看了我一阵，出什么事情了吗？

我用力摇头，没有啊，怎么这么问？

秀珍怪怪地看了我一眼，早点休息吧，明天还要出门干活儿呢。

躺在床上，很晚我都无法入睡，始终有一种隐约而强烈的情感在冲击着我的大脑。我必须得承认，我动心了。当我面对那个山谷，认真地跟周郁描绘我脑中那个金碧辉煌的寺庙时，我真切地感受到自己已经动心了。

我不知道周郁怎么又变得有钱了，但我知道她一定能帮我将那个寺庙建起来。可是，我怎么可能那样做？如果要重建那么大一个寺庙，我就要成为这个寺庙的法人，要成为寺庙的法人，我就必须受戒，成为一个真正的出家人。我知道这意味着什么。

我有些害怕，我怎么能动心呢，难道我愿意为了那个寺庙舍弃秀珍和孩子们？

我用力给了自己一个耳光，我在心里用最恶毒的字眼反复地咒骂自己。我得让自己明白，一切都是虚幻，只有躺在我身边的秀珍，还有那三个孩子，才是我真正该拥有的一切。

就这样，折腾了一夜。等到第二天一早，我的情绪似乎才好了一些，于是，我便又赶着去那个小区做剩下的漆活儿。

现在，墙上的腻子已经硬了，可以用砂纸打磨了。我站在墙前，将砂纸抵在墙上用力地摩擦。灰扑扑的粉尘在房间里飞扬，像灰烬一样落在我的身体上。我眯起了眼睛，尽管戴了口罩，但并不能完全阻挡那些微小的颗粒穿过它的缝隙，抵达我的肺部。我觉得难受，但这难受并不让我痛苦，反而这种肉体上的惩罚能分散我心里的某些东西。

阿良问我，方泉，你今天怎么不唱了，前两天你唱得不是挺好的。

我笑笑，没应声。阿良不懂，那不是唱，而是念诵。但我不能再诵经了，我怕那样会让我心底的那些欲望再次浮现出来。我需要时刻让自己清醒，我本就不是一个僧人，那些佛经根本与我无关。我也不能把自己幻想成一个在藏经洞里画画的画师，那样的幻想看上去实在是可笑，我只是一个油漆匠，我干的是漆活儿，不是画画，每天拿一百五十元工资，仅此而已。

就这样，我每日里早出晚归，寡言少语，只顾用工作将自己封闭起来。甚至，我希望能在自己身体上罩一个玻璃罩，将空气也隔绝了。这样我就不会接触到外面的世界，不会再有东西干扰到我了。

这天上午，整个房间的漆活儿终于都完成了。我和阿良两个人将房间里的油漆罐子以及各种垃圾全部收拾妥当，然后将房子清扫一遍。一切收拾完毕，我和阿良便拿着东西出了门，我站在门口，最后看了一眼雪白的房间，将门关上了。

中午，我跟阿良一起吃饭。吃饭的当口，阿良跟我结了账。阿良说，漆活儿一共是做了十五天，我的工钱总共是两千二百五十元。此外，阿良还另外单给了我三百元。他说这不是工钱，是油漆店的老板给的。我明白，这是买油漆的回扣。阿良是个讲义气的朋友。

吃完了饭，我就回了家，秀珍问我今天怎么回来得这么早？我将钱递给秀珍，说活儿干完了。随后，我就坐到了门口，点了根香烟。我将头微微向后倾倒，靠在墙上。我看着院子顶上的那片天。似乎要下雨了，头顶的这片天空，云层厚而黑。我坐在那里，看得入神，一动不动。

突然，我发现了秀珍，她正站在一旁看着我。她似乎已经看了许久了，目光里有一些很疲惫的东西。

3

周郁问我，能不能陪她去趟上海。

我说，去上海做什么？

周郁说，你不要问，就陪我去一次，行吗？

我在电话这边犹豫，周郁又说，就陪我去一次吧。你不是总说欠我人情吗，现在你就当还了这个人情好了。我应了。

第二天一早，周郁开车来接我。

一路上，我几乎没有开口，周郁话也极少。我坐在车上，脑中始终回想着那天在山上的场景，这场景让我感觉自己和周郁的关系似乎变得有些微妙。

我从来没去过上海，在我印象里，那是一个无比遥远的地方。从小到大，我去的最远的地方就是宁波。去过两次，一次是小的时候，父亲带我坐车去看一位很久没有联系过的远亲。我记得那天正好是中秋节，我的这位远亲为了招待我们，特地拿了月饼给我们吃。他拿着一把水果刀，将一块巴掌大的广式月饼切成了四份。这是我长这么大，第一次吃那么小的月饼。不知道是月饼太小，还是父亲做农活的手太笨拙，他的月饼还掉到了地上。还有一次，就是秀珍去宁波照B超。想起这件事，我心里总会有些伤感。那个站台上的场景，似乎充满了生死离别的意味。

我安静地坐在副驾驶座上，想着往事，车子就开出了小城，开过了宁波，开上了杭州湾跨海大桥。

当车子开上跨海大桥的时候，我从回忆中挣脱了出来，我不由自主地坐正身体，惊诧不已，这大桥居然是造在海上的。望着大海，我顿时生出一种特别渺小的感觉。这种渺小并非体积，而是想象力。我原来以为，我所居住的那个小城和上海杭州这样的城市已经没什么两样了，可当周郁的轿车行驶在海中央时，我突然发现自己以前对好生活的想象力是那么地贫瘠。

后来，我就睡着了。我也不知道自己睡了多久，当周郁将我叫醒时，车子已经到了上海。

我们进了一家宾馆。宾馆很豪华，走进那个旋转的玻璃门，我感觉眼前一阵的眼花缭乱，似乎到处都是亮闪闪的光，光里头，人来人往，衣着光鲜，步履匆忙。但无一例外的是，每个人经过我面前时，都会有一种不易遮掩的骄傲，似乎我身上有什么标签，他们一眼就能认出我是个遥远小地方来的人。

周郁在前台登记，我就孤零零地躲在大堂的一旁。不知为什么，我突然很想回家，此刻，在跨海大桥上的那种震撼、羞耻、渺小的感觉，又重新浮上了我的脑海，这让我坐立不安。

办好了手续，周郁便带着我去房间。整个过程，我始终没有开口说一句话，我只是紧紧地跟着周郁，就像一个孩子一样，生怕自己跟丢了。

周郁帮我将房卡插在取电器里，她叮嘱我，她的房间就在隔壁，有什么事就叫她。

我关上了门，将身体靠在门背上，长长地松出一口气。此刻，我才觉得心里放松了一点，似乎整个世界都被这扇门挡在了门外。我转身趴在雪一样洁白柔软的床单上，想不明白周郁为什么要带我来上海。难道就是让我体会这上等人的生活吗？难道这样就能让我动心？

我觉得周郁根本就不了解我。

过了不久，周郁敲门，说要带我去个地方。我取了房卡，跟着她走过一段楼道，进了电梯，电梯一路向下，到了地下室。

和宾馆的房间相比，地下室又是另外一番景象。一进去，便闻见一股舒服的沉香味道，虽然是地下室，但里面却布置得极为精致，就像一个缩小的园林。有小桥流水，还有一间茅草房子，一些从未见过的树木被种在一个个大花盆里,顶天立地,郁郁葱葱。

周郁跟一个服务员说了些什么,服务员就笑容满面地将我带进一个小房间里。房间不大,十个平方米左右。有音乐在其中若隐若无地盘旋,四壁都镶嵌着淡色的大理石,在暖调灯光的映衬下,透出一种沉静素雅的光泽。而在房间正中,是一张铺着白色床单的床。

我坐在床沿上,觉得有些奇怪,这里也是客房吗?为什么要到这个地方来,不是已经开了一个房间了吗?我想不明白,心里微微有些紧张。

过了一会儿,有人敲门,进来一个年轻漂亮的女人。她站在门口,微笑着向我鞠了个躬。就在这时,我突然想到了什么,我顿时慌张了起来,脑子一阵发热,迅速地起身,从门口跑了出去。

我慌张地跑到外面,看见周郁正好站在那里跟服务员说着什么。周郁看见我,有些奇怪。

你怎么了?

我用力摇了摇头,说,我不行,我知道这种地方,我是有老婆孩子的。

周郁愣了一下,但她很快明白了我的意思,她掩着嘴笑。

你想什么呢,我怎么会带你去那种地方?你完全给搞错了,这个地方就是纯粹做SPA的,做脸部和身体的皮肤护理,不是你想的那种。

听了周郁的解释,我似乎放了些心,但我还是迷惑,我一个大男人要做什么皮肤护理?

周郁仿佛看穿了我的心思，笑着说，到时你就知道了，赶紧进去吧。我在这里等你。

我重新进了房间，按摩师在房间里又换了一种更好闻的香。她让我洗了澡，换上他们这里崭新的浴衣。然后，她就让我趴在床上，自己则坐在我的头附近，给我按摩。我还是觉得有些心慌，为了定神，我开始在心中默念楞严咒。

也不知道过了多久，按摩师终于帮我做完了整套流程。说实话，这个护理还是很舒服的，从床上坐起来时，我觉得整个人就如同通透了一般。

回到房间不久，周郁便又来敲门。她给我带了一套素灰色的僧衣，还有一支脱烟渍的牙膏。

周郁说，你平时抽烟，用这牙膏多刷两遍，就不会有烟渍了。还有，卫生间里有剃须刀，你将头也刮一遍。刮好头，你就把这套僧衣换上。

我有些茫然地看着周郁，不明白她究竟是要做什么。

周郁看着我，笑了笑，你放心吧，我不会害你。你就再听我这一次，最后一次。

就这样，我在卫生间里将头发刮干净，又刷了牙。随后，我换上了那套灰色的僧衣，站在镜子前面。我用手擦去玻璃上的水汽，然后我就看见了镜子里的那个人，这个人看上去是这么地年轻、洁净、通透。我觉得心里有些感动，说实话，我从来没有见过这样的自己。

到了六点左右，周郁来叫我吃饭。我开门时，她似乎也有些吃惊，从上到下地打量着我，弄得我都有些手足无措。周郁笑眯眯地说，走吧。

就这样，我穿着僧衣，跟着周郁从酒店的过道上走过。事实上，我已经很多日子没有穿僧衣了，有些不习惯，生怕别人盯着我看。周郁走在我旁边，倒是没有一丁点儿的拘谨，她显得很自信，还不时转过头来看我。不难感觉出来，周郁对我的这副模样很欣赏。

我们坐着电梯到了二楼，又穿过一条过道。此时，我看见了眼前的两扇门，这两扇门都是实木的，刷着深漆，看上去宽大、厚实。门的中间，还镶嵌着两条金灿灿的长条扶手。周郁走过去，用手抓住一只扶手，转身微笑地看着我。随后，她向我点了点头，用力地将门推开。

门被推开的一瞬，屋里的光就像洪水一样从里面倾泻了出来。我站在那里，眼睛似乎被门里的光线给晃了一下，稍稍发了会儿愣。定下神来，这才发现门的后面原来是一个大堂，摆着十几张圆桌子。桌边坐着人，见了我，所有的人便都站立起来，面向我，双手合十，纷纷作揖。

我的大脑突然变得空白，身体微微战栗，就像滑过一道电流，皮肤上的汗毛孔在瞬间被打开。我丝毫搞不清楚眼前究竟是怎么一回事，我已经完全蒙了。甚至，我还有些恐慌，就如同陷入了一场巨大的阴谋。

周郁做着手势，将我往最前面的一张主桌上领。我慢慢走着，似乎每一脚都踩在云朵里，丝毫感觉不出轻重。我慢慢地走，所有在场的人的目光就随着我的身体慢慢移动。这些柔和的目光充满了善意、崇拜，似乎还带着某种诉求。我不知道该怎么描述，似乎他们的身体站立着，可他们的目光却是匍匐在地上的。

让我觉得诧异的是，走到桌子边，我的内心竟然平静了下来，似乎我心底已经开始享受这种匍匐在地的虔诚了。我站在桌边，冲着众人微笑，还很自然地伸出手，做了个让大家坐下的手势。可众人却不肯坐，我听见有个人喊了一声，师父先坐。随后便有很多人跟着喊，请师父先坐。于是，我便撩着僧衣坐了下来。我坐在椅子上，再次朝众人做了个手势，这时，大家才纷纷坐下。

这一晚，我见到了我这一生所见过的最好的素斋，精致无比。但我却丝毫没有记住它们的味道。我的身体始终被一种高贵、准确的情绪支撑着，这种情绪超出了我以往的所有经验。甚至，它还超出了我所有的想象。

吃饭时，不断有人离席，走到我面前。他们努力地弯曲着身体，似乎这样能让他们显得更矮，更谦恭。这些人不停地向我提出各种问题，似乎我的头脑里隐藏着他们所有人生的答案，我的手里掌握着他们所有人的命运。还有一些人走过来后，什么也不说，只是低下头颅，就为了让我摸一下他的头。

在这些来往的人中，我还见到了上次周郁曾带到山前寺过的陈阿姨。她拉着我的手，连连称我是活菩萨，她说正是因为我帮她儿子解了孽障，模具生意才一天天地好了起来。她承诺，过段时间，她一定要带儿子来我那里打一堂水陆。

我的耳边充满了赞美，不停有人喊我活菩萨，说我不仅长了一副菩萨的面孔，连身上都有不一样的香味。众人就这样毫不吝啬地赞美着我，这些赞美很纯粹，没有丝毫的虚假，而我，也完全地沉醉在了这种赞美声之中。

我必须得承认，这是我这一生中最美好的一刻。

第二天，周郁便开着车，带我离开了上海。

一路上，周郁仍是没有说话，她没跟我说为什么带我来上海，也没有跟我解释昨晚的那场斋饭。她就这样认真地握着方向盘，神情平静，就像什么也没有发生过。

下了高速，周郁问我要去哪里。我想了想，我说，你送我去山前寺吧。就这样，周郁送我回了山前寺，顾自离开了。我在寺院的那棵桂花树下独自待了一会儿，似乎想做些什么，又不知道有什么可做。

晚上，我始终紧紧地搂着秀珍，却一言不发。秀珍也察觉出了我的举动有些怪异。她问我怎么了？我说没怎么，就想抱抱你。

从上海回来，我就如同生了一场大病，整天浑浑噩噩，毫无生气。其间，阿良曾给我打了个电话，他告诉我自己又接了一个新活儿，问我有没有兴趣一起。我在电话里婉拒了，我能感觉出阿良在电话那头的诧异，但他并没有多说什么。

每天，我都不出门。我坐在门口，总是看院子顶上的那片天空。看着天亮了，暗了，云厚了，薄了。我的一切，秀珍都看在眼里。

她显得很担心，几次问我是不是身体不舒服。她甚至担心是不是做了油漆活儿的缘故。我笑着摇摇头，我没事。

这天晚上，我在半夜醒来。醒来后，我就小心地起了床。我推开门，坐到门口的小凳子上。我仰着头，疲倦地朝着天空吐着烟圈。从上海回来后，每天我都觉得疲惫，就像身体里的力气被完全给抽空了一样。其实，我心里明白，我被抽空的，并不是力气。

我就那样仰着头，看着头顶那片微微泛着蓝光的天空。看着看着，似乎这天空被打开了，我看见了一座山，我看见周郁坐在开满了杜鹃花的山顶。

你以后的寺庙应该建在那个地方，三排大殿。前面又是三排。

周郁的手指着山谷，在空气中慢慢滑动，我的目光也慢慢地顺着她的手指移动。周郁的手就像一支画笔，在空气中为我画出了一张绚烂无比的蓝图。

我在心底长长地叹了口气，我掏出手机，给周郁发了个信息，你能不能借我三十万，我想留给秀珍。

过了一会儿，周郁将短信发了回来。

好。

4

吃过午饭，我跟大囤说，大囤，下午你就在家带弟弟妹妹，好不好？爸爸和妈妈有事要出去一下。秀珍奇怪地看了我一眼，说，去哪里？我说，你别问，到时就知道了。大囡看着我和秀珍，像是明白了什么似的，她会心地笑着，放心吧，爸爸，你就带妈妈去吧，我会带好弟弟妹妹的。

我骑着电瓶车，载着秀珍出门。秀珍坐在我身后，不停地问我究竟要去哪里，我始终不松口，我让她少安毋躁，很快就到了。

骑了一路，最后我将电瓶车停在了山前寺的门口。我对秀珍说，秀珍，这就是我做当家的地方，山前寺，你还从来没来过呢。秀珍愣了愣，看了看寺庙，又看了看我，神情愈加困惑了起来。

我推开门，领着秀珍进了寺庙。

我先带你参观一下吧。

秀珍点点头，于是，我就带着她去了大殿，去了厨房，还带她去了我楼上睡觉的地方。自始至终，秀珍只是听我说，没开口讲过一句。她似乎察觉到了什么，因为我看见她的神情正在慢慢变得严肃起来。

最后，参观完了寺庙，我说，我再带你去山上走走吧。秀珍点点头，于是，我们两个便往山上走。一路上，我一直都牵着她的手。事实上，我都已经记不起来上次牵秀珍的手是什么时候了。一直到山顶，当我松开手时，我发现手心里全是汗，不知道这汗是我的，还是秀珍的。

我站在山顶，指着山谷里那块巨大的空地。

秀珍，你看见了吗，山谷里的这块空地像不像一个净水瓶？我告诉你，我想把这些老房子全部拆了，然后我要在那里建三座大殿。

227

三座大殿建好了，在前面，我还要再建三座大殿。然后，大殿左边，我要建一个钟楼，右边，再建一个鼓楼。大殿后边，我还要造一个放生池。山腰那里有一个水库，我要把水引过来，我要在放生池里养鲤鱼，养那种彩色的大鲤鱼，在竹林那里，我还要造一个院子……

我用尽所有的热情，努力描绘着我要建设的那个寺庙，而秀珍，则站在我身边一语不发。她安静地听我说完，然后她便坐下，神情平静地看着山谷。我看着秀珍，想了想，弯腰采了一朵杜鹃花，帮她别在了头顶。秀珍扭头，冲我笑笑。

方泉，你就真的那么想建这个寺庙吗？

我用力点了点头，是。

为什么？

秀珍，你知道吗，在你生下方长的前一晚，我曾许过一个愿。我说，如果我能生个儿子，我就会将自己皈依了佛祖。后来，你就生了方长，但我却没有实现自己许的这个愿。再后来，你就摔倒了，动了那个手术。秀珍，你有没有想过，这一切是不是有些奇怪，就像有一种力量在左右着一样。如果不是那一跤，如果不是正好摔在手上，怎么能及时发现那个病呢？

说话的时候，我偷偷观察着秀珍，希望能看出她脸上有什么反应，这样，我就好及时调整说话的语气。但秀珍依旧平静。

还有一件事，我从没跟你说过。你出院时，那个周医生跟我说过，你这个病只有两年内不复发，才能真正地脱离危险。我还是担心我那个愿，之前的经历，就像是已经警告了我们一次。如果我再不去完成这个愿，我真不知道以后还会发生些什么。秀珍，我不能让你承担这个风险，我不能失去你。

秀珍扭头看着我，那你想怎么做？

我得还这个愿。秀珍，其实这也不是坏事，只要我能出家，我就能获得执照，就能将这里建成一个大寺庙。如果是那样，我就能赚很多很多的钱，你和孩子们也能过上很好的生活。我顿了一顿，秀珍，你能明白我的意思吗？

秀珍看着我，笑了笑，我明白的。

看见秀珍的神情，我的心里稍稍放松了些，又继续说道，秀珍，你放心。我不会对不起你和孩子的，如果我们离婚，也是为了出家假离婚，我们始终还是一家人。

秀珍打断了我的话。

其实你不用说那么多的，你带我到这寺庙来，我就什么都明白了。

说完，她站起身，掸了掸身上的尘土。她将头上的那朵杜鹃摘下，用力地扔向了山谷。

对了，他们不是说和尚都有个法号吗，那你的法号叫什么啊？

我不知道秀珍为什么要问这个问题，我有些尴尬地说，我叫广净。

广净。

秀珍念了一遍，突然扭头看我。

方泉，你真的是为了那个愿吗？

我有些心虚，但我还是用力点了点头。

秀珍叹了口气，我现在都不知道该叫你方泉，还是该叫你广净师父了。

秀珍转过身，往山下走。她伸出手，轻轻地拂着山路边的那些野草。我站在山顶，看着山谷里那个破旧的寺庙，我听见山谷里有风，呜呜地响。

5

吃过晚饭，我独自出了门，我去了县城里最大的那个超市。我在进口商品的货架前，买了各种各样的进口食品、薯片、巧克力、饮料，还有许许多多我都叫不上名字的零食。每拿一个零食，我都仔细看上面的日期，我得确保它们离保质期还有很长一段时间，才放心地放到推车上。

我拎着沉沉的两个大袋子回家。到家时，大囡正陪着弟弟妹妹在床上玩飞行棋。我偷偷地进去，将两个大袋子搁在棋盘上。几个孩子稍稍一阵发愣，便手忙脚乱地打开塑料袋，一打开，爆发出一阵热烈的欢呼声。此时，秀珍正在卫生间里洗衣服，听见声音，也从里面走了出来。我见秀珍来了，便伸手张罗，你们都别抢，来来，坐好，让妈妈也坐下来。

秀珍看见这个场景，有些发愣，方长便拉着她坐到了床上。我将袋子里的零食全部倒在床上，然后平均一堆一堆分开。

好了，我们现在开始分东西了。这一堆是大囡的，这一堆是二囡的，这一堆是方长的。好了，最后剩下的这堆是妈妈的。

大囡奇怪地看了我一眼，爸爸，那你的呢？

我笑了笑，爸爸不喜欢吃零食，就不要了。

大囡看了看我，又看了看秀珍，她就重新将零食打乱。

不行，我们五个人，就一定要分成五份。

随后，大囡便将床上的零食又仔细地分成了五份。我扭头看秀珍，秀珍抿着嘴，眼眶似乎有些湿润。

那时，秀珍还在超市上班。对于家里的几个孩子来说，每个月最盼望的，便是秀珍发工资的那一天。他们盼的不是工资，而是秀珍带回来的快要过期的东西。每到这一天，秀珍总是愁眉苦脸的，她为超市扣了自己两百元钱而心疼。但对孩子们来说，这一天却是最好的日子，大家围坐在一起，就像过年一样。有一次，大囡、二囡好容易盼到秀珍回来，抢着将她手中的塑料袋倒在床上，结果却让她们失望不已。因为袋子里的不是零食，而是一堆日用品。

我偷偷问秀珍，你怎么没拿吃的东西？

秀珍有些不好意思地说，今天超市里发东西时，我看见有这些，心想着洗衣粉、牙膏之类的，家里也用得着，就拿了这些来。

看到袋子里的东西，大囡和二囡都不高兴了。大囡倒还好，她是个懂事的孩子，尽管不情愿，也没多说什么。可二囡却不管不顾地哭闹了起来，要知道，她盼那些零食，都已经盼了整整一个月了。

我哄着二囡，二囡别哭，爸爸这就给你去买。

秀珍问我，都这么晚了，你上哪里去买？

我没理她，顾自出了门。我承认，那时我有些不高兴，我觉得秀珍不应该那样做。后来，我走了很远的路，终于找到了一个还亮着灯的小卖部。我走进去，赌气般的几乎将柜台上所有的零食都买了回来。回到家里，二囡看见一袋子零食，高兴得不行。她忙不迭地拆开一包薯片来吃。吃着吃着，她的嘴里突然蹦出了一句话，爸爸最好，妈妈最坏。那时，我看见秀珍的脸色变了一下，紧接着，她就进了洗手间，将门锁了。

不知道秀珍还记不记得这个事情。我看着秀珍，我想，她一定也知道我在看她，但她却不愿意扭过头来也看我一眼。从山前寺回来到现在，她都没有看过我一眼。我不怪她，我想，如果换作我，我也一定会这样。

很晚了，我还一个人坐在厕所里。

当三个孩子抱着零食酣然入睡时，我突然发现了一件事情，今晚我该睡在哪里，床上吗？我不知道。虽然，我和秀珍没有办任何手续，但是，我们之间好像已经不适合再睡在一起了。

秀珍似乎没注意这个事情，孩子们睡下后，她便也侧身躺下了。她显得很平静，平静得就像没有任何事发生一样。她还是这样，喜欢将所有的事情都藏在心里。看着秀珍的背影，我的心里有些伤感，一个曾经我最亲最亲的人，现在却似乎成了一个陌生人。

我只能待在厕所里。

我坐在马桶盖上，将那包已经发霉得很厉害的香烟再次找了出来。我躲在卫生间里，抽了一根又一根。房间里弥漫着一股难闻的味道，抽到最后，我的嘴巴几乎都失去了知觉。

我抽完了烟盒里所有的香烟，然后，我就将地上所有的烟头捡起来，扔进马桶，用水冲了。我看着那些烟头在水流的漩涡中挣扎一阵，便往更深的地方去了。

我蹑手蹑脚地走出了卫生间。秀珍躺在床上，依旧侧着身，似乎躺下后，她就再也没有动过。我站到架子床前，目光柔软地看着床上的三个小家伙。大囡睡在上铺，二囡和方长，则一起睡在下铺。三个人都抱着各自的零食，睡得十分地香甜。

看着他们，我的眼睛不由便潮湿了起来。我迅速抹了下眼睛，小心地走到院子里。我将放在院子角落里的那辆自行车翻了出来，这还是秀珍表姐公司的送奶车，牛奶场倒掉后，自行车也不知道归还给谁，就一直放在了家里。我用袖子擦了擦自行车的坐垫，随后，我就推着自行车出了门。

就这样，我骑着自行车，来到了表姐的那个送奶站。送奶站里一片漆黑，如果时间倒退几年，此刻，送奶站里一定是灯火通明。奶站的工作人员汗流浃背地将成千上万瓶牛奶分放到各个奶箱里。再过一会儿，我便会来到奶站，缩着脖子，脸庞被夜风吹得通红。

我骑着自行车，从送奶站出发，沿着以前送奶的路线，骑了两圈。骑到第三圈时，我有些骑不动了。我用脚尖点着地，大口大口地喘着粗气。喘匀了，抬起头，眼前正是东门庵堂。我将车推到东门庵堂的门口，然后便坐在了庵堂的石门槛上。我坐了一会儿，觉得有些恍惚，我想起某一个夜里，我也曾这样坐在这个石门槛上，后来，我好像还哭了，但我现在已经想不起来为什么而哭了。我记得，那晚，我还闻见了一股奇异的檀香味道，但此刻，我却什么都闻不见。因为那包发霉香烟的缘故，现在，我的口鼻间，全是霉苦的味道。

　　我看着庵堂前空旷的马路。白天，这里车水马龙，人声鼎沸，可现在，这里却安静得如同一片陵园，令人恐惧。同样的一个地方，差这么几个钟头，竟然就是天壤之别了，时间真是可怕呀。我，秀珍，大囡，我们从乡下来到这个城市。我们在这城市里一天一天地熬，从三个人熬成了四个人，又熬成了五个人，这一晃，又是多少年了。我闭上眼睛，试图在脑中回忆起那些有关于秀珍还有孩子们的美好画面。可想了一阵，我的脑子里却出现了一座座金光灿灿的大殿、偏殿、钟楼、鼓楼、四合院。我看见了人潮汹涌，旗帜招展，一个人坐在法台上，双手合十，仁慈地俯视着众生。

　　我挣扎着，用力睁开了眼睛，此刻，我的目光就像是一头突然掉进人间的野兽，惊慌，而充满欲望，稍稍迟疑，它突然就发了疯，撒开腿，开始奔跑了起来。它紧贴着地球表面那根巨大的弧线，孤独而又疯狂地奔跑，一直跑，飞快地跑。它越过了人群，越过了城市，越过了山，越过了海，它越过了所有的时间、所有的空间，直到最后，它终于跑不动了，它绕了一个巨大的圆圈，疲倦地落回了原地。

　　就在这时，我看见了我，孤独地坐在东门庵堂那个冰冷的石门槛上，相互眺望。

2024年4月7日，修改于宁海